こぎつね、わらわら

稲荷神のはらぺこ飯

松幸かほ

SKYHIGH文庫

おしながき

登場人物紹介

illustration テクノサマタ

加《か》ノ原《はら》 秀尚《ひでひさ》

京都の食事処「加ノ屋」の料理人。26歳。まっすぐな性格で情に厚い。

浅葱《あさぎ》&萌黄《もえぎ》

双子の狐。浅葱は活発、萌黄はおとなしい系。でも、どちらも頑固。

豊峯《とよみね》

楽しいことが大好きな狐。浅葱と萌黄と仲が良く、いつも一緒にいる。

寿々《すず》

幼狐。めっちゃ可愛い。

冬《とう》雪《せつ》
六尾の稲荷。
本宮との連絡役兼
「あわいの地」の
警備もしている。
時《し》雨《ぐれ》
オネエ(?)稲荷。
泣きボクロが
チャームポイント♥
濱《はま》旭《あさひ》&景《けい》仙《ぜん》
大人稲荷。
濱旭はやんちゃ系、
景仙はおっとりパパ。
薄《うす》緋《あけ》
「萌芽の館」の館長である保育狐。
訳あって、子供の姿に。
陽《かぎ》炎《ろい》
六尾の稲荷。「あわいの地」警備担当。
明るいムードメーカー。
白狐《びゃっこ》様
本宮にいるという陽炎達の長。
白い九尾の狐。とにかく謎な存在。
うーたん
宇迦之御魂神《うかのみたまのかみ》。秀尚の店に一時的に
お世話になってから懐いている。

こぎつね、わらわら

稲荷《いなり》神《がみ》のはらぺこ飯《めし》

Inarigami no
harapeko meshi

桜がそよ吹く風に花弁を舞わせ、それが落ち着いた先には水仙《すいせん》の花が咲き乱れていた。その先では大輪の向日葵《ひまわり》があり、もう少し視線を奥へと向けるとリンゴがたわわに実っている。

まったく季節感を無視したそれらが混在しつつも、不思議な調和のとれた様子を見せているここは、人の世界からほんの少し外れた「あわいの地」と呼ばれる土地である。

「あとはねー、かぼちゃと、にんじん」

「じゃあ、ぼく、かぼちゃとる！」

「じゃあ、わたし、にんじん」

その土地に朗《ほが》らかな子供たちの声が響く。年の頃は四、五歳といったところだろうか。子供といっても、なぜか頭の両横にはふわふわの毛が生えた立派な耳があり、後ろにはやはりふわふわの尻尾《しっぽ》がある。

そして格好も多少今時の子供たちとは違い、作務衣《さむえ》風のものを着ていた。

農作業の手伝いをしているらしい子供たちだが、

「あ、ちょうちょ！」

「ちょうちょさんだ！」

花々の間を可憐《かれん》に羽をはばたかせて飛ぶ蝶々を見つけ、駆けだす者たちがいる。

のどかで和《なご》やかなその光景の中、

「そう走り回っては、転んでしまいますよ」

注意を促《うなが》す声が聞こえた。

その声に蝶々を追いかけていた子供たちは足を止め、

「「はーい」」

揃《そろ》っていい子の返事をする。

注意を促したその声を聞きつけて、野菜の収穫をしていた子供たちも集まってくる。

「みてください、こんなにおおきなおやさい！」

「おいしそうなの、たくさんとれたの」

籠いっぱいの野菜を誇らしげに見せる。

「本当ですね、とても立派な野菜です。もう、それで充分なのでは？」

「はい！　これで、たのまれたのはぜんぶとれました」

「では戻りましょうか。食材が届くのを、きっと待っていらっしゃいますよ」

その声に、はーい、と揃って返事をした後、子供たちの一人が、

「じゃあ、かえりましょう、うすあけさま」

そう言って、先ほど注意を促していた、かつてよりもすっかり幼くなり、今や自分たちよりもやや小さいくらいになった者の手を掴む。

「じゃあ、こっちのては、ぼく！」

別の子供が反対側の手を握るのに、

「まったくおまえたちは……」

はにかむような笑みを浮かべながらも、仲良く揃って、彼らの住まいである館へと向かっていった。

一

「やっぱり、このカツの厚みがたまらんな」

「ビールがどんどん進んじゃって、止まらなくなっちゃうわよねー」

　京都《きょうと》市外某所の、とある山のふもとよりはやや上、中腹よりは少し下という、非常に微妙な場所に存在する食事処「加ノ屋《かのや》」。

　決して交通の便がいいとは言えない場所にあるうえ、朝十時半に開店し夕方五時には閉店という営業時間にもかかわらず、なかなかの繁盛具合を見せている。

　さて、今は午後八時すぎ。

　閉店している時間なのだが、店の厨房には客がいて、店主の加ノ原秀尚《かのはらひでひさ》が料理をしているのを見ながら、厨房内の配膳台をテーブル代わりにして、重ねて置いてあった丸イスを勝手に出してきて座り、酒を飲んでいる。

「揚げものとビール、なんて、一番太る組み合わせなんだけどねぇ。分かっててもやめられないんだから、罪なおいしさだよ」

「その分、動けば大丈夫ですよ。あと、頭脳労働もかなりカロリー消費するらしいです。俺、納期前とかドカ食いしまくっても痩せてく一方でしたし」

「本当かい？」

「その言葉、信じるのマズいと思うわよぉ？」

「だよねぇ……」

楽しげに会話をしている彼らは客であって、客ではない。

そして、人間の姿――誰を見てもそれぞれに整った容姿だ――をしているが、人間ではない。

彼らは全員、稲荷神《いなりがみ》なのだ。

正確には稲荷神の使いらしいのだが、秀尚の中では人を超えた存在は神様判定でいいという大ざっぱな基準があるため、稲荷神として捉えている。

彼らもいちいち訂正しないので、こだわりはない様子だ。

「そんなダイエットを気にする皆さんに、追い打ちをかける形で、鶏《とり》のから揚げ三種盛りどうぞ」

秀尚は油を切った揚げたてのから揚げを大皿に乗せて、ドン、と配膳台の真ん中に置く。

「おおー、壮観《そうかん》だな」

そう息を吐いたのは、一番細身の陽炎《かぎろい》だ。

「大将、今日の三種ってどんな組み合わせ？　カレーがあるのは匂いで分かったけど！」

目を輝かせて聞くのは、神界で任務に当たっている陽炎とは違い、人界で普通の人間として働きながら、時代によって変わる人間の思考や感覚の調査をする任務についている濱《はま》旭《あさひ》である。快活な若いお兄ちゃんといった感じだが、すっきりと整った顔立ちをしている。

「カレーと、王道の塩、もう一つはハーブミックスです」

「あら、ハーブミックスなんてオシャレな感じ」

そう言ったのは、濱旭と同じく人界で働いている時雨《しぐれ》だ。なぜだかオネエ言葉で、しかもその口調に違和感のないあでやかな容姿をしているが、男である。

「とか言いながら、おまえさん、本当はガーリック強めとか好きだろう？」

笑って言う陽炎に時雨は、

「休みの前の日なら躊躇《ちゅうちょ》なくがっつりいくわね。むしろガーリックライスに餃子《ぎょうざ》、それプラス、オニオンフライにガーリックソルトを添えて、くらいの勢いでも大歓迎よ。でも明日も会社だから自分のイメージを守るために、今日は我慢するわ」

と、返しながら遠慮なくから揚げを自分の取り皿に乗せる。

「ああ、ここにも罪な存在が……」

そう呟きながらもから揚げを取るのは、さっき太る組み合わせを気にしていた冬雪《とうせつ》だ。

「でも食うんだろ？」

陽炎が笑って問う。

「そりゃ、食べるよ。食べられるためにおいしく仕上げられてここに並んでるんだし、食べないほうが罪ってものだからね」

冬雪の言葉を受けて、

「そうそう、おいしく食べてあげるから、アタシの明日の活力になってねー。……あ、このカレー、スパイシーでおいしい！　ビールが進むわー」

時雨は手酌《てじゃく》でビールを注ぎながら、食べ進める。

「僕のはハーブミックスかな、爽《さわ》やかでいいね」

冬雪も太るのを気にしているのかと思いきや、すぐに二つ目を口に運んでいるので、一応心配しているだけのようだ。

そんな稲荷たちの様子を見てから、秀尚は次の料理に移る。

時間外営業中とも言える加ノ屋の厨房は、この時間帯、稲荷神専用の居酒屋なのだ。

それは少し前、秀尚がひょんなことから「あわいの地」と呼ばれる、人の住む世界と神様の住まう領域の間にある場所に行ってしまったことに起因している。

その地で、しばらくの間、稲荷神の候補生であるチビ狐たちのご飯作りをしていた秀尚は、その料理の腕前をチビ狐と大人稲荷の両方にすっかり気に入られた。

そして人界に戻ってこの店を構えた時、供物代わりに彼らに料理を提供するという条件で、この店を守り、「いい感じに繁盛させてもらう」という契約を結んだのだ。

その契約と、知人たちのSNSや口コミでの宣伝などのおかげもあって、加ノ屋は「パニックにならない程度に一人で切り盛りできる繁盛具合」をほぼ毎日キープしている。

そういうわけで、この時間帯の彼らの飲食代は、無料だ。

とはいえ、すべての食材を秀尚が提供しているわけではない。

「席、空いてますか？」

そう言って入ってきたのは陽炎や冬雪と同じく、あわいの地の警備の仕事をしている景《けい》仙《ぜん》だ。正統派の男前、といった様子の景仙は、最初は居酒屋にあまり来ることがなかったが、最近ではすっかり常連だ。

「空いてるわよー、いらっしゃーい」

迎え入れる声を発したのは時雨だ。時雨は半ば女将《おかみ》のようにイスを出し、景仙の席を準備する。

「何飲む？　今、みんなビールだけど」

「じゃあ、私もビールを。加ノ原殿、これ、差し入れです」

景仙は持ってきた紙袋を秀尚へと差し出す。

「わ、ありがとうございます。いただきます」

秀尚は遠慮なく受け取り、袋の中身を確認する。

「あ、立派な白菜！　それに大根と……え、これ、生鮭《なまじゃけ》！」

「白菜と大根は今日、あわいの畑で採れたものです。生鮭は今朝、出張から戻った妻が買い求めてきたものなのですが、よく世話になるこちらにお持ちするようにと」

「いいんですか？　景仙さんのおうちの分はちゃんとありますか？」

問う秀尚に、景仙は微笑んで頭を横に振った。

「いえ、うちでは調理をしないもので」

「そうですか。じゃあ、ありがたくいただきます」

秀尚がそう言って受け取ると、話を聞いていた陽炎が、

「聞いたか？　今の」

冬雪のほうを見て言う。

「聞いたよ、ばっちりね。『出張から戻った妻が』だろう？」

景仙の言葉を繰り返した冬雪に、陽炎が深く頷く。

「ああ、独身の俺たちには無縁の言葉だな」

「すみません、そのようなつもりで言ったわけでは……」

景仙が謝るのに、

「もー、大して酒が入ってもないのに絡まないの。珍しいわね、香耀《かよう》殿が出張なんて。別宮《べつみや》って出張業務なんてないと思ってたわ」

時雨が問う。別宮という聞き馴染《なじ》みのない言葉に秀尚はなんだろうかと思ったが、本宮にある部署の一つだろうか、と勝手に想像する。

「今回は特別だそうです。本宮で行く予定だった八尾の者の都合が悪くなったらしく、急遽代理で。業務の後、半日は休みに当てていいとのことだったので、昨日から出かけて今朝まで仕事をした後、ゆっくりとしてきた様子で、午後は温泉と市場を堪能したと」

「あ、じゃあこれ、市場で今日？　どこの市場だろ。すっごくいい鮭ですよ」

半身分をすべて一人前ずつに切り分けられた鮭はなかなかの量で、しかも一見しただけでいいものだと分かった。

「あ、北海道《ほっかいどう》だそうです」

「北海道かぁ……本場だ。ありがたくいただいて、早速調理しますね。あ、景仙さんの奥さんって、普段はご飯を食べない人ですか？」

大人の彼らは「気」を食べて生活できるらしく、人間のような食事は取らなくても大丈夫なのだという。

それでも食べないというわけではなくて、好きなものやおいしいものがあれば食べる。

そんな彼らが、わざわざここに秀尚の料理を食べに来てくれるのは、光栄なことだと言えた。

「そうですね、誘われて食事をすることはありますが、普段は。それがどうかしましたか？」

「あ、いえ、せっかくいい鮭なんで、買ってきてくれた奥さんにも食べてもらえたらと思って。もし食べられるなら、ちょっとしたものを作ってお土産《みや》に持って帰ってもらおうかと思ったんですけど」

秀尚の言葉に景仙は微笑んだ。

「きっと喜ぶと思います」

「そうですか？　じゃあ、みんなの食べるもの作りながら、ちょっとしたものだけど準備しますね」

秀尚は早速調理に取りかかる。

こんな感じで、やってくる稲荷がいろいろな食材をお土産《みやげ》に差し入れてくれるし、飲む酒は彼らが勝手に持ってくるので、供物として料理を出すといっても、金銭的な負担はあまりないのだ。

――いい鮭だから、まずは軽く塩だけで味つけして……。

頭の中で鮭を使った料理のレシピを呼び出しながら、秀尚は調理をする。

だが、その途中、ふっと頭をよぎった「あること」に、ため息をついた。

「おまえさん、今日はちょっと様子が変だな」

そのため息に気づいた陽炎が、秀尚に声をかける。

「え？　そっ、そうですか……？」

　ごまかそうとしたのだが、

「秀《ひで》ちゃん、ごまかそうとしてもムダよぉ？　ため息、三度目だし、何より今日は来た時から『気』のトーンがいつもより重いわ」

　時雨が指摘してくる。

「病気って感じじゃないな。何か気に病《や》むことがあるんだろう？　言ってみろ。場合によっちゃ、こっちで手を回してやるぞ」

　陽炎の言葉に、秀尚は一瞬悩んだが、どうやら濱旭も冬雪も、そしておそらくは先ほど来たばかりの景仙も秀尚の様子がいつもと違うのには気づいていたようだ。

　――隠してもしょうがないよな……。

　秀尚は胸の内で呟いてから口を開いた。

「実は、店のお客さんに役所の人がいて、耐震設備に関してちょっと考えたほうがいいかもって言われちゃったんですよね」

「えー、大変じゃないの」

「すぐ対処しろって？」

　即座に反応したのは、人界で働いている時雨と濱旭だ。

「え、そんなに大変なことなのかい？」

あまり意味の分かっていない様子で冬雪が問い、陽炎も首を傾《かし》げる。

「あー、えーっと、この店が建てられたのが、今の耐震基準になる前なんで、営業中に地震があったりだとか、あとは築年数的にも老朽化《ろうきゅう》してるところがちらほらあって、何かある前に工事をしたほうがいいんじゃないかって感じで」

「今、いろいろとうるさいみたいね。従わなかったら営業許可取り上げげって強硬手段もあるかもしれないし」

秀尚に続いて時雨が言葉を添える。

「営業許可取り上げげって、そんな急に」

冬雪が困惑した様子で言う。

「あー、まだそこまで切羽詰《せっぱつ》まった話じゃないっていうか……。おいおい補強工事をしたほうがいいですねって感じではあるんですけど、いつ頃かとか、そういう目処《めど》みたいなものは立てといたほうがいいみたいで……」

まだ深刻な事態になっているわけではない、と秀尚は告げる。

「その目処が立たないわけなのかい？」

冬雪が確認するように言い、

「まあ、そういうことです」

秀尚はそこで話を終わらせてしまうつもりだったのだが、すぐに陽炎が続けた。

「その目処っていうのは、日程的なことか、それとも資金面のことか？　いや、両方だと考えたほうがよさそうだな」

「妙なところで鋭いですね。その二つもあるんですけど、もうちょっとだけ複雑な感じっていうか……」

ここまでくれば、もう全部話したほうがいいだろうと秀尚は思う。

隠していたところで神様である彼らに知られずにすむとは思わないし、この店に関係することとなれば、ここに集《つど》ってくる彼らにとっても無関係ではないからだ。

「その話が出た時に、大家さんに相談に行ったんですよね。補強工事をしなきゃいけなくなるかもしれないので、その時は許可してほしいって。俺はその時、自分でお金出して工事を依頼するつもりだったんですけど……、そういうのは大家の仕事になるって言われて」

秀尚の言葉に濱旭が、ああ、と頷いた。

「そんな話聞いたことある。俺が前に気に入って通ってた雑居ビルの中のお店も、それの関係で家主から立ち退き要求されて泣く泣く撤退しちゃったんだよね。今はよそでお店やってるんだけど……雰囲気込みで好きなお店だったから、あんまり行かなくなっちゃって」

「え、まさか君もそう言われたのかい？」

冬雪が目を見開いて問う。

「ううん！　まだそういう話は出てないです。ただ、大家さんも年金生活で、たまに貯金を切り崩しながらって感じだから、補強工事をするような資金を捻出するのは難しいみたいで。かといってずっと補強工事をしないってわけにもいかないと思うから……もしかしたら、最悪の場合は濱旭さんの言ってた店みたいになっちゃうのかも、とは思ってます」

いくら関係がいいと言っても大金が絡むとなれば、大家と店子《たなこ》の関係ではそういうこともあり得るだろう。

どうしたものかと秀尚も現状では悩むしかないというか、大家の決断待ちしかできないので、何もできないことがもどかしかった。

「入り組んでるってほどじゃないけど、問題点をちょっと整理したいんだけど、いい？」

その中、時雨が小さく挙手して聞いた。

「あ、はい」

「まずは、秀ちゃんが工事のお金を出すのは、やぶさかじゃないのよね？」

「そうですね。ローンを組むことになるとは思うけど……」

「でも大家さんはそれをさせたくないっていうか、できないのね？　それはどうしてなのかしら？　大家の仕事だからっていう以外で、心当たりある？」

時雨の言葉に秀尚は少し頭を悩ませてから、

「憶測《おくそく》でしかないけど……多分、俺がお金を出して工事をしても、この店は俺のものじゃないから、あとあと、ややこしいことになるってことかなって感じはしました。大家さんが生きてる間はいいけど、もし二人に何かがあって、この家を息子さんとか娘さんとかが継いだ時にややこしくなっちゃうっていうか……」

ただの店子として家賃を払っているだけなら、話はスムーズだろうが、耐震補強工事の費用を店子が負担したとなれば、その時に出したお金のことで揉めそうな気はする。

「この店がおまえさんのものじゃないってことが問題なら、いっそここを買い取るってのはどうだ？」

名案だろ、とでも言いたげにドヤ顔をする陽炎に、

「そんなお金ないってば！　工事のお金だってローン組まなきゃって言ってるじゃん！」

秀尚は即座に突っ込んだ。

彼らとの契約のおかげで経営は順調だとは言っても、工事のお金を一括で支払えるような貯金はまだできていないのだ。

買い取りなどと言われても、気軽に「いいですね」なんて言えるわけがなかった。

「それに、大家さんもここを売却するっていうのは考えてなさそうっていうか……大家さんが生きてる間は、多分」

「いろいろ、思い出のある場所みたいだものねぇ」

時雨が呟くのに、全員頷き、そしてどうしたものかと悩む。

それからややして、

「加ノ原くんは、将来的にもここでずっと店をって考えてるのかな？」

そう聞いたのは冬雪だ。

「え？　そうなんじゃないの？」

冬雪の質問に、秀尚は不思議な気持ちで、質問返しをした。

「そうなんじゃないの？　って、なんか人任せっぽく聞こえるんだけど……。実家に帰ったりだとか、他の場所に店を持つとか、そういうことは考えてないの？」

濱旭が首を傾げて聞いてくる。それに秀尚は、

「だって、この店を繁盛させてくれる代わりに、みんなにご飯を出すっていうのが最初の約束だし」

最初に条件を提示したのはそっちだろう、という気持ちで答えた。

その言葉に稲荷一同は、ああ、と何か察した様子を見せた。そして、

「いや、この場合、別にこの場所にこだわらなくてもいいんだぞ？」

陽炎が言った。

「え？　どういうことですか？」

「だから、そもそもおまえさんがここに店を持ったから、この店を繁盛させるってことに

なってるわけで、おまえさんが引っ越して、別の場所に店を出すっていうなら、またそっちを繁盛させるぞ？」

「そうなんですか？　俺、てっきりこの店固定での話だと思ってた。確か、上の神社の末社にお稲荷様があるから、その関係でこのあたりを守ってくれるとか言ってたし……」

加ノ屋のある山の頂上近くには神社がある。

今は神主不在のため、訪れる人も減っているのだが、大祭や休日の時などには系列の神社から神主が来てくれるため参拝客も多く、この店もその日はちょっとてんてこ舞いな感じになるほどだ。

「末社に稲荷社があるから、その縁で出入りがしやすいっていうのはあるけど、加ノ原くんが移動するなら、移動先の土地神と相談して、やっぱり店とその周辺はちゃんと守るよ？　僕たちの憩《いこ》いの場なわけだからね」

冬雪がそう言うのに続けて、

「そう、俺たちとの契約はこの店じゃなくて、おまえさんを対象にしてるわけだからな。もしおまえさんがこの場所でずっと店をって考えてるなら、その方向で俺たちも筋を通そうとは思うが……」

と陽炎が言ったが、多少言葉に含みが感じられた。

「筋を通すって、どういうことなんですか？」

無論気になって秀尚は問うと、

「企業秘密だから詳しくは言えないんだけど、関係者全員がハッピーな気持ちになれるように、縁のある神界の者たちと交渉するのよ。よっぽどねじくれてなきゃ話は通るし、ダメでも代替案を出してもらえるって感じかしらね」

時雨が大ざっぱに説明した。

「つまり、知らないところでネゴシエートされてるってことですね」

ふんわりと理解した秀尚が言うと、

「神社にお参りしてお願い事をするって、そういうものよ？　願い事の案件ごとに関係各所で交渉し合うの」

「まあ、その願い事に見合った努力をしてもらいながらってところなんだけどね。努力もしないで神頼みだけで通る、なんてことは滅多にないね」

時雨と冬雪が返してきた。

「そういうわけで、まずはおまえさんが、本当にここで店を続けたいのかどうかを考えるのが先だ。さっきも言ったが、おまえさんがどんな決断をしても、俺たちはおまえさんをストーカーしていくから」

笑って言う陽炎の言葉に、

「神様にストーキングされるって、実際にはものすごく光栄な話だと思うのに、陽炎さんに言われると微妙な気分になるのはどうしてなんだろう……」

秀尚は首を傾げて呟く。

「まったく、おまえさんは可愛くないな」

陽炎はそう言ったが、愉快そうに笑っていた。

「まあ、俺も男の稲荷に言われたらビミョーな気持ちになるかなぁ……」

濱旭は秀尚の気持ちが分かる、という様子で呟き、時雨も、

「そうよねぇ。可愛い女稲荷に『秀ちゃんの行くとこになら、どこにでもついていくから！』って言われたらウキウキもするだろうけど」

と同意して深く頷く。

「……時雨殿がそう言うと、これもまた別の意味で微妙じゃないか？」

不意に突っ込んできた陽炎に、

「ちょっとー、それ失礼じゃない？　会社じゃ、男子社員にも女子社員にも大人気の時雨さんなのよ？」

などと言いながらも時雨は笑っている。

秀尚は『それ、完全にオネエポジションだからじゃないのかな』と思ったが、大人の配慮で口には出さず胸の内だけで突っ込む。

だが、濱旭と景仙は秀尚と同意見だったらしく、視線が合うと二人ともささやかに頷い

てきた。

それにささやかな目配せだけをして、秀尚は鮭の調理に戻ったのだった。

その夜、居酒屋タイムが終わり、秀尚はのんびりと風呂に入りながら陽炎に言われたことを考えていた。

「俺、ずっとここでやっていきたいのかな……」

京都には本来、何の縁もない。

ただ、勤めていたホテルの厨房の転勤で来たというだけだった。

だから、ホテルを辞めて店を京都で始めると言った時、関東に住んでいる両親は反対こそしなかったものの、京都という離れた場所で店を構えることに対しては思うところがあった様子だった。

秀尚にしてもここで店を、と思ったのは、以前この場所で店を営んでいた大家夫妻の作るうどんがおいしかったことと、ちょうど二人が店を閉めるタイミングだったから、というのも大きい。

しかし、それだけが理由なら、二人の後を継ぐような形でここで店を、とは思わなかっただろう。

神主が上の神社にいた頃とは違い、今は客商売をするには、多少不向きで不便な土地だ。

仮に店を持つならここではなく、幹線道路沿いや街中《まちなか》の空き店舗を探したはずだ。

だが、「あの時」はここでと、そう思った。

では、「今」はどうなのだろう。

陽炎たちは、秀尚がどこで店を開いてもサポートをしてくれると言っていた。

つまり、ここと同じように繁盛させてくれるのだろう。

だったらもっと他にも場所はあるはずだ。

街中に店を構えてもいいし、いっそ実家近くに戻るという手もある。

別に、秀尚は一人っ子というわけではなく、兄が実家近くに住んでいるので両親に何かあっても特別な問題はないのだが、もう少し近い場所に移ってもいいとは思う。

だが、なぜか気乗りがしなかった。

——急すぎて、考えらんないってのはあるよな……。

稲荷たちとのことがあるから、漠然と「ここ」で店を続けていくつもりでいた。

もし、どこでもいいのだとしたら、どこで店を持ちたいだろう。

しばらくの間そんなことを考えていたが、どこもピンとは来ないまま、秀尚はのぼせる前に風呂を出た。

◇◆◇

翌日、ホテルの厨房で勤務していた時の同僚だった神原《かんばら》が店に遊びに来た。線が細く優しげな容姿だが、見た目からは想像できないほど芯が強く、そして面倒見がいい。

「しばらくぶりでしたね」

神原はいつも客が引ける時間帯を狙ってやってくる。今日もそうで、神原が来て少しした頃、先に来ていた最後の客が帰り、店には神原と二人だけになった。秀尚は神原にオーダーされたランチセットを出したついでに向かいの席に腰を下ろした。

「ちょっとシフトがつんでてん。八木原《やぎはら》さんがアメリカへ行ってから、配置換えと、スタッフ補充がバタバタってあって、それがうまいこと回ってないから、慣れたスタッフがフォローで入ること増えてて、十日連勤でやっと今日休み取れてたん」

「お疲れ様です」

労《ねぎら》う言葉をかけると、

「まあ、今が一番しんどい時やろし、回るようになったら楽になるから。アメリカ行った八木原さんはもっと大変そうやで」

苦笑しながら神原は言う。

「八木原さんから連絡あったんですか？」

八木原は、ホテルの厨房で先輩だった社員だ。

秀尚とは少し揉め事があったが、和解ずみだし、何よりその揉め事があったからこそ、稲荷神たちと出会うことになった。

それを思えば、結果オーライなのかもしれない、というのは、楽観的すぎるだろうが、今はそう思っている。

その八木原は堪能な語学力と実力を買われて新しくアメリカにできた系列ホテルの厨房にサブチーフとして赴任《ふにん》している。

「俺に直接ちゃうよ。料理長宛にちょくちょく連絡あるらしいねん。現地採用のスタッフとの間で、衝突すること多いみたいやなー」

「栄転だけど、その分大変なんですね、やっぱり」

秀尚が言うのに、神原は頷いた。

「せやなぁ。でも料理長は笑《わろ》てたで。『八木原の我《が》の強さは、日本《にほん》やったら周りと摩擦が強すぎるけど、向こうでやったらそれくらいやないと渡り合えへん』て。そのあたりも見越しての赴任やったんやなーて、納得してる」

海外支店のサブチーフ待遇ともなれば、おそらく国内の系列ホテルから他にも候補者は挙がっていたはずだ。

その中で八木原が選ばれたのは意外というほどではないにしても、サブチーフ待遇で行くには年齢的にまだ若いと思えたので、多少驚きだった。

だが向こうでやり合っていくことを思えば、確かに八木原の性格は向いているのかもしれない。

「じゃあ、あんまり心配なさそうって感じですね」

「そのあたりは詳しいこと知らんから何とも言われへんけど、まあ、大丈夫ちゃうかなぁ」

神原はそう言って、緩《ゆる》く笑う。

「けど、思い切ったっていうか……生まれたところを離れて、海外でやってくってすごいですよね」

しみじみ言った秀尚に、

「加ノ原くんかて、生まれたとこから離れて京都で店持ってって、かなりすごいと思うで？」

神原は言った。

「俺はなりゆき上っていうか……」

「ホテル辞めて、実家の近くで店やるっていうんやったら、まだ分かんねん。失敗しても実家へ戻れるし、何かあったら身内頼れるやん？　せやけど、それができひんとこで、店持つって相当の覚悟いるような気ぃすんねんけど」

「覚悟……とかは特になかったです。ただ、ここのうどんがおいしくて、それがなくなっちゃうのが惜しくて……」

秀尚の言葉に神原は首を傾げる。

「それだけの理由なん？」

「まあ、当時はいろいろあったんで、多少は逃避行動的なこともなかったとは言えないですけど」

あわいの地のことなどは言えないので、そう言ってぼやかす。

「逃避やったら余計のこと、京都から離れるやん？　……なんか、ここに縁《えん》があったんかな。店閉じるって人がいて、そのタイミングで初めてここのうどん食べてって」

「縁……」

神原が言ったその言葉が、妙に腑《ふ》に落ちた。

呟いた秀尚に、

「まあ、目に見えへんもんを引き合いに出すって時点で、なんかよう分からんけど、適当に理由にしとこっていうんがみえみえやとは思うけど」

神原はそう言って、また笑う。

「確かに、それは言えてるかもですね」

秀尚はそう言いながらも、胸の内で『縁』と、また呟いた。


神原の言う「目に見えないもの」を引き合いに出して納得しようとしているだけかもしれないとは思ったが、どうしても『縁』という言葉が秀尚から離れなかった。

一応、店を移ることになると仮定して、店舗物件をこの近くと実家近くでインターネットを使って調べてみたりしたが、どれもピンとは来なかった。

もちろん現地に行ってみれば違うのかもしれないが、とにかく「違う」としか思えなかった。

それはもしかしたら、少なからずこの店に持っている愛着がそう思わせているだけかもしれない。しかし結果として、この店を出る、という選択肢は持ちたくないと強く思い直すことになった。

「稲荷大明神様《いなりだいみょうじん》」

加ノ屋には神棚がある。稲荷神に縁があるのに、そういえば神棚はなかったなと思い、最近になって設けたものだ。常連稲荷たちは神棚を見ても何も言わなかったが、気づいた時はやはり、少し嬉しそうだった。

神棚には毎朝、水とお供え物——やはり油揚げが多い——をして、一日の無事を祈るのだが、この日はそれと一緒に別のことも祈った。

——俺は、今のところ、という言い方しかできないけど、ここで店を続けたいと思っています。もし、俺にこの場所と縁があるなら、どうか耐震工事とかの話がうまくまとまって、ここで店を続けていいって方向に向かいますように——

強い決意とは言えないと思う。

けれど、現状の秀尚の偽《いつわ》らざる気持ちだ。

神棚を通じた祈りは、もしかしたら大人稲荷たちにも筒抜けになってしまうのかもしれないが、その夜、居酒屋に来た彼らは特に何も言わなかった。

そして、次の加ノ屋の休店日——加ノ屋は水曜が定休日だが、隔週で火曜も休みになる——今週は火曜も休みの週だった。

加ノ屋の休日は、あわいの地にある「萌芽《ほうが》の館《やかた》」にいる稲荷神候補の仔狐たちが遊びに来ることになっているのだが、今日だけは来るのを遠慮してもらい、秀尚は大家の家に向かった。

「ああ、ようお越しやす」

事前に訪問を告げていたので大家には快《こころよ》く出迎えてもらえたが、玄関には見慣れない靴があり、奥からは人の声が聞こえていた。

「お客様がいらしてるんですか?」

もしそうなら、日を改めたほうがいいかもしれない、と思って秀尚が問うと、

「息子夫婦が来てるんや。たまたまこっちのほうへ来る用事あったから、ちょっと足伸ばした、言うて。さっき、加ノ原くんの話してたとこや。ちょうどええから紹介するわ」

大家が言って、秀尚に上がるように促す。

リビングに入ると、大家に似た顔立ちの四十半ばほどの年齢の男と、男と似た年の優しげな顔立ちの女がソファーに腰を下ろしていた。

「義則《よしのり》、さっき話してた加ノ原くんや」

大家が秀尚を紹介する。それを受け秀尚は頭を下げた。

「初めまして、加ノ原秀尚です」

名乗った秀尚に、男は微笑んだ。

「こちらこそ、初めまして。畑内義則《はたうちよしのり》です。こっちは妻の美佐江《みさえ》」

「初めまして、美佐江です」

紹介された婦人も微笑んで、会釈をしてくる。

それに会釈を返すと、

「まあ、座り」

と大家が促し、それに頷いて秀尚がソファーの空いている場所に腰を下ろすと、大家夫

人が秀尚のお茶を運んできた。

「えらいごめんねぇ。まさか息子らが急に来ると思てへんかったから」

　秀尚の前にお茶を置きながら言ったが、息子夫婦と会うのはしばらくぶりなのか、少し嬉しそうに見えた。

「いえ、こっちこそ、急にすみません」

「突然来たんはこっちのほうや。急にこっちに来る用事が入って、早めに終わったから様子を見に来ただけやねんけどな」

　息子はそう言ってから、

「あの家で店続けてもらえてて、ありがたいなぁて話してたとこや。大概古い家と店で、親父らが引退したら、空き家になってそのままアカンようになるやろて覚悟してたけど、使《つこ》てもらえてて嬉しいわ。……こっちに移るまで住んでた思い出もあるし」

　と、どこか懐かしげに店のことを話した。

「こちらこそ、思いがけない値段でお借りできてるので……ありがたいです」

　秀尚はそう言ってから、この流れで言ってしまったほうがいいかもしれないと思った。

　息子がいる今なら、いろいろ手間が省《はぶ》けるだろう。

「あの、大家さんからもう聞いてらっしゃるかもしれませんが……実は、お店のお客さんに役所の方がいらして、お店の耐震設備に問題があると言われて……」

「え？　そうなん？　それはまだ聞いてないなぁ……」

「すぐにというわけではないんですが、営業を続けるなら、耐震工事をしたほうがいいって言われてて、そのことで、改めて大家さんにお話しというか相談があって、今日は来たんです」

秀尚が言うと、

「俺ら、外してたほうがええんかな？」

息子が秀尚と大家を見た。

「いえ、いてくださったほうが」

秀尚は言い、そのまま続けた。

「耐震工事についての費用は、大家さん持ちになるってことは先日伺ったんですけれど、俺、できたらあの場所で店を続けたいと思ってるんです。なので、工事の時は俺が費用を出して工事をさせてもらって、将来的にあの店を買い取らせてもらうことはできないかと思って……不躾《ぶしつけ》な話なんですけど」

秀尚の言葉に息子は目を見開き、大家夫妻は慌てた。

「加ノ原くん、そんなん……」

夫人はそれ以上言葉にならない様子で、大家は、

「この前、工事について渋《しぶ》ったせいでそこまで思い詰めさせたんやな……悪いことした」

と謝ってきた。

それに秀尚は急いで頭を手を横に振って、全力で否定する。

「いえ、それは関係ないっていうか、関係ないわけじゃなくて、考えるきっかけにはなったんですけど、思い詰めるってことじゃなくて……」

「いやいや、あんな辺鄙《へんぴ》な場所に拘《こだわ》らんでも……あの場所であんだけ繁盛してるんやったら、便利なとこに店持ったらもっと……若いんやし」

大家はそう言ったが、

「いえ、あの場所だからいいんだと思ってます。お客さんの大半は『わざわざあの場所に行く』ってことを目的にしてるっていうか……街中にあの店があっても、埋没《まいぼつ》しちゃうだけだと思うんです」

秀尚は自分の感じていることを続けて話した。

「他に建物がなくて、静かな場所にぽつんとあって……多分そういう静けさとかを好んでわざわざ足を運んでくれてるってお客様も多いと思うので、あの場所がいいんです。俺も、あの店も場所も気に入ってるので……もちろん、先々で事情は変わるかもしれないんですけど、今の正直な気持ちで言えば、あそこで長く続けたいと思ってます。なので、将来の買い取りも視野に入れて、今回の耐震工事の費用は俺が出させてもらえたらって」

秀尚が言い切った後、リビングはしばらくの間、沈黙に包まれた。

その中、口を開いたのは息子だった。

「親父もお袋も、もうあそこへ戻ることはないやろ。俺らも別のとこに家持ってるし、姉ちゃんかて家建てたし、あそこへ戻るとは言わんと思う。親父とお袋の好きなようにしたらええで」

その言葉に大家夫妻はどこか安堵したような顔を見せた。

おそらく相続人となる息子たちのことは気になっていたのだろう。

「そうか……わしらの好きにしたらええか？」

「せや、好きにしたらええ。むしろ買い手がいるうちに処分しといたほうがええ。この後あのあたりが開発されるてこともないやろし、加ノ原さんの気ぃが変わって逃げんうちに」

そう言って笑う息子に、大家も笑った。

「ほんまに、こんな変わった人は、もう出てこんかもしれんなぁ」

「ほんまや」

夫人もほっとした様子で相槌《あいづち》を打つ。

とはいえ、娘の意見は憶測でしかないため、早めにそちらにも意見を聞き、問題がなければ将来的に秀尚に売るということが大枠で決まった。

その後は、加ノ屋の話をしたり、携帯電話に入っている店内の様子を映した動画を息子夫婦に見てもらったり、一時間ほど世間話をして秀尚は大家の家を後にした。

軽トラックで店に向かいながら、

「もっと揉めるっていうか……今日はこっちの決意表明だけ聞いてもらうつもりだったんだけどなぁ……」

息子夫婦が来ていたおかげで話がスムーズに、まだ確定ではないものの、思った方向に進みそうで驚くばかりだ。

——関係者全員がハッピーな気持ちになれるように、縁のある神界の者たちと交渉するのよ——

ふっと脳裏に浮かんだのは、いつぞや時雨が言っていた言葉だった。

「もしかして、神棚にお願いしたから、ネゴシエートしてもらえちゃった的な?」

秀尚が話をしようと向かったその日に、息子夫婦が急な用件でこちらに来ることになった、など偶然にしてもすごい話だ。

「明日の神棚のお供えは、ちょっと豪華にして……今夜の居酒屋メニューも奮発するか……」

秀尚は呟きながら、来た時とは違う軽やかな気持ちで店へと車を走らせた。

二

年末年始、加ノ屋は稼ぎ時になる。

神主が不在の山頂近くの神社だが、この時ばかりは氏子《うじこ》たちが総出で新年の客を迎えるため、参拝客がかなり多い。

加ノ屋はその参拝客目当てに、大みそかは夜通し店を開けている。

メニューはかけうどんとかけそば——大みそかは、年越しそばだが——、あとは温かい飲み物程度だが、店内には入り切れない数の客が来るため、店の外にも座れる場所——並べた一斗缶《いっとかん》の上に長い板を置き、上から布をかけた程度のものだ——を準備して、客を迎える。

三が日は日中だけの通常営業だが、それでも参拝客が多いので、フル回転で営業した後、加ノ屋は長期の休みに入った。

大家夫妻の家に将来的な店の買い取りの話をしに行った数日後、娘夫婦にも快諾してもらえたという連絡が大家からあった。

それを基に、司法書士《しほうしょし》をしている息子が、将来的に秀尚が店と土地を買い取る時には評定価格で売却することを明記した書類を作成してくれた。

それで、秀尚の申し出どおりに店の耐震工事を秀尚持ちで行うことになり、いつかするなら早いほうがいいだろうということで、今回の長期休みにはその工事をしてもらうことになったのだ。

この工事に関しても、大家がかつての常連にポロリと話したところ、いい業者を紹介してもらえたようで、思ったより断然早く、そして金額的にもかなり安く工事をしてもらえることになったのだ。

多分こういうところもお稲荷様の御利益なんだろうなと秀尚は思っている。

工事自体は八日からなのだが、それまでに店の片づけなどをしなくてはならないので、三日の営業を終えた後から休みを取ることにしたのだ。

「じゃあ、しばらくは居酒屋休みになるんだねー」

夜の居酒屋タイムにやってきた濱旭が残念そうに言う。

「ええ、すみませんが……」

「じゃあ、店の内装とかも変わっちゃうのかしら？　レトロな雰囲気、気に入ってるんだけど」

時雨もやや残念そうに言う。

「部分的には変わっちゃうかもしれないです。柱の補強とかするのに、壁の一部を壊したりしなきゃいけないみたいなんで。でも、俺も今の感じをできるだけ残したいんでそのあたりは、ＤＩＹが得意な友達に相談してます」

秀尚が言うと時雨は安堵したような顔を見せた。

無論ＤＩＹ好きな友達というのは神原である。神原は日曜大工が趣味で、この加ノ屋もあちこち彼が手を入れてくれている。

耐震工事をすることもすでに伝えてあり、工事後の内装変更も、工事の図面を見ていろいろと考えてくれている様子だった。

「加ノ原くんは、工事の間、どうするんだい？　店が休みとなるとずいぶん時間ができるだろう？　それに、工事の間どこに住むんだい？　ここに住んでいられるのかな？」

冬雪が問うのに、秀尚は頭を横に振った。

「いえ、住むのは無理っぽいです。夜に寝るだけなら大丈夫みたいですけど、日中はかなりうるさくなるみたいなんで。かといって、進捗状況の確認とかもしないとダメだと思うし、工事の間ずっと旅行ってわけにもいかなくて。実家に帰ったりはすると思うんですけど、あとはウィークリーマンションとか借りてって考えてます」

「あら、じゃあ、うちに来る？　ご飯とお弁当作ってってくれたら、ただで寝泊まりしてくれていいわよ」

人界住まいの時雨が提案してくるが、すぐに、

「時雨殿ずるい！　俺だってそう言おうと思ってたのに。うちにおいでよ。俺出張しがちだから気を遣わないですむよ」

濱旭も名乗りを上げてくる。

二人の様子に秀尚は苦笑して、

「ありがとうございます。でもどっちを選んでも恨まれそうなので、お気持ちだけいただいておきます」

丁重にお断りを口にする。それに時雨と濱旭は同時にため息をついたが、

「まあ、最良の判断だよね。でも、店が閉まるってなると、館の子たちのご飯は？　もしかして、前みたいに買い出し対応ってことになるのかな」

あわいにある「萌芽の館」の稲荷候補の仔狐たちのほとんどは、大人稲荷たちとは違い、「気」を食べて生活することはできず、人間と同じ「食事」が必要だ。

秀尚は彼らの三度の食事を作り、預けられている送り紐《ひも》というアイテムを使って食事を届けている。見た目は普通の紐なのだが、その紐で作った輪の中に入れたものは勝手に紐の持ち主の許に送り届けられるという不思議な紐なのだ。

秀尚が彼らの食事を作る以前は、冬雪や陽炎――今夜は夜勤で来ていないが――たちが、人界に弁当や総菜、レトルト食品などを買いに来ていたらしい。

「全部そうなると味気ないんで、明日からできるだけ冷凍保存できるものを作って、館に送っておくつもりです。後は合間を見て作れる時があれば、一品か二品くらいは作って送れるかもしれないですけど」

ウィークリーマンションなどについているキッチンは基本簡易的なものだ。そこで大人数分の料理を作ることは難しいので、本当に鍋一つで作れるものくらいになるだろう。あわいの地にいた頃、秀尚が子供でも作れるレシピを残してきたので、足りなければそれで多少はなんとかしてくれるだろう。

「まあ、仕方ないわよ。非常事態だしねぇ」

時雨は言ってから、「むしろアタシたちが、居酒屋再開までの期間をどうやって乗り切るか、よね？」と真剣な顔をして言い、しばらくの間、大人稲荷たちはその話題を肴《さかな》に酒を飲んでいたのだった。

陽炎が来たのは、翌日の居酒屋タイムが始まる少し前だった。

居酒屋タイムは特に明確に時間が決まっているわけではなく、八時頃から稲荷たちが集まり始め、流れで開始される。

だが、今日は七時過ぎに陽炎がやってきた。

すでに店は休みに入っていたが、秀尚は厨房で館に送るための作り置きのおかず調理をしていたので、今夜も居酒屋は開く予定ではあった。

なので陽炎が来てもおかしくはないのだが、

「今日はずいぶん早いお越しですね。それに、初めましてのお稲荷様がご一緒で」

秀尚は陽炎と共に現れた見慣れぬ稲荷へと視線を向けた。

陽炎の友人、というには随分と大人しそうな様子の稲荷で、どことなく神原に似ている気がした。彼は秀尚の視線を受けると軽く目礼し、

「お初にお目にかかります。私は、本宮の厨《くりや》にて勤めをしております萩《はぎ》の尾《お》と申します」

そう名乗った。

「萩の尾さん……。初めまして加ノ原秀尚です。今日はまだ、つまみの準備できてないんですけど、簡単なもの、ちゃちゃっと作るんで……」

座って待っててください、と続けようとした秀尚に、

「いや、萩の尾殿は居酒屋目当てで来たわけじゃないんだ。実はおまえさんに、折り入って用があってね」

陽炎は言うと、促すように視線を萩の尾へと向けた。

「折り入って……？」

首を傾げつつ秀尚は萩の尾を見る。萩の尾は話の切り出し方を少し考えるような顔をし

ていたが、

「厨では宇迦之御魂《うかのみたま》様や白狐《びゃっこ》様をはじめとした皆様方の食事をお作りしているのですが……近頃、白狐様が少し違ったものを食したいと強くおっしゃられまして」

そう言った。彼らにとっての「食事」とは腹を満たすためのものではなく、旬のものを食べて活力の底上げをしたり、日々の「潤《うるお》い」としても必要なものだ。とはいえ、単純に「食べることが好き」な者も多いらしいが。

「はぁ……」

「そこで、加ノ原殿に私が非番の時に料理指導をお願いできればと思いまして、参上した次第です」

続けられた言葉に秀尚は目を見開き、陽炎を見た。

「マジで、ですか？」

「ああ」

「白狐様って、あの白狐様だよね？　陽炎さんたちのトップだっていう……」

「そう、その白狐様だ」

陽炎はあっさり肯定《こうてい》してくる。

「そうって……！　そんなすごいお稲荷さんに出す料理の指導を俺が？　無理、無理無理！」

そんなすごい人——人ではないが——に出す料理の指導を自分ごときがしていいとは思えず、秀尚はブンブンと頭を横に振った。

「そこをなんとか！　お願いいたします！　もちろん、無償でとは申しませんので……」

よほど切羽詰まっているのか、萩の尾は食い下がってきた。

そこで詳しく話を聞けば、厨で作られる食事は和食と昔から決まっているらしい。

だが、近頃白狐は人界にいる稲荷から差し入れられた手作りピザを食べたり、ドリアを食べたり、果ては本宮を家出してしばらく加ノ屋に滞在していた、うーたん——宇迦之御魂神——から人界で食べたものをいろいろと自慢されたりして、人界の料理に興味津々《しんしん》らしいのだ。

そこでまずは、ピザを手作りしたという稲荷に料理指南を頼んだらしいのだが、

「人界に、稲荷と親しくしてる料理人がいるみたいですよー？　俺より本職のその人に頼んだほうが丁寧に教えてもらえるんじゃないですかー？」

とアドバイスされたらしい。

そこで人界によく出入りしている稲荷にリサーチをしたところ、それは、以前あわいの地にいたことのある人間の料理人で、陽炎たちが親しいと言われ、連れてきてもらった、ということのようだ。

「加ノ原殿のことは、実は私、存じておりまして……」

萩の尾の言葉に秀尚は驚いた。

「え、そうなんですか？」

「はい。以前あわいにいらした頃、加ノ原殿からの依頼のあった食材の手配を何度かさせていただいたことがあるのです。その際に、とてもおいしい料理をお作りになる方だと話題になっておりましたので……。人界に戻られた今も交流が続いているとは存じ上げませんでしたが」

どうやら、当時、萩の尾に世話になっていたようだ。

「そうでしたか……」

「加ノ原殿の料理を食べたことのある他の稲荷たちからも話を聞いたのですが、やはりおいしいものをお作りになると。ですので、是非お願いしたいのです」

萩の尾はそう言うと深く頭を下げた。

「え、あの、頭、上げてください！」

仮にも神様または神様に属する存在に頭を下げられると思っていなかった秀尚は慌てる。

「ここまで頼んでるんだ、どうせおまえさん、店が休みの間、時間があるんだろう？　その時間を使って教えてやっちゃどうだ？」

陽炎が気軽に言ってくる。

「教えるっていっても……厨で働いてるってことは俺より多分知識とか深いっていうか

……そんなお稲荷さん相手に教えることなんてないような気もするんだけど……」

「いえ！　そのようなことは！　厨では和食以外を作ることはありませんので、その『けちゃっぷそーす』や『まよねーず』というものを、どのように使えば効果的なのか、そういったことも分からないのです。どうぞなにとぞ！」

再度頭を下げられ、秀尚は折れた。

「……あんまり、期待するほどのことはできなくてがっかりされると思いますけど、俺でよければ」

「よろしいのですか！」

萩の尾が期待いっぱいの目で確認してくる。

それに秀尚は頷いた。

「はい、俺でよければ」

「ありがとうございます！」

萩の尾が喜びと安堵の混じった顔で言う。

こうして秀尚が料理指導をすることになったわけだが、

「でも、教えるっていってもどこで教えればいいんだろ……。ここの厨房は工事に入るから使えないし……」

問題はそこだった。

ホテルの厨房で働いていた頃、試作をした時などに借りたキッチンスペースをレンタルするのが一番いいかな、と思った時、

「あわいに来てもらえないか？」

陽炎がそう聞いてきた。

「あわいへ？　え？　それヤバくない？」

秀尚は難色を示した。

以前、秀尚があわいの地にいた頃、そもそも不安定な空間であるその地に秀尚という異分子が入り込んだことでさらにあわいの地のバランスが崩れて、よからぬモノを呼び寄せてしまい、危機を呼び込んでしまう状況になってしまったのだ。

——もう、あんなバケモノ騒動、こりごりだ……。

当時の騒ぎは思い出すだけでぞっとする。

だが、陽炎は、

「あの時はおまえさんも、負の感情を持ってたからな。だが、今のおまえさんならそんな心配はない」

そう断言した。

「……ホントに？」

「ああ。おまえさんの中にあった負の感情の波動に引き寄せられてやってきた連中も多い

からな。まあ、元々いろんなものが入り込みやすい不安定な場所だっていうことがそもそも問題ではあるんだが……」

そう言われても秀尚は悩んだが、他に解決策もすぐには思い浮かばず。

「分かった。じゃあ、あわいへ行く。でも、もし俺が行ったことであわいに異変が起きるようなら、すぐ人界に戻るっていうか……」

あわいの地に行くことを承諾したが、秀尚はあることを思い出し、

「今度はすぐ戻れるんだよね？　前みたいに女風呂に飛び込まされそうになったりはしないよね？」

陽炎を見て、問い詰めた。

以前、あわいの地にいた頃、戻るのに難儀したのだ。

秀尚が暮らしていた「時代」と「地域」に座標を合わせることが難しく、ある時、やっと秀尚が来た日に近い時間と場所に戻るための扉が開いたのだが、そこは女風呂で。飛び込んだが最後、即警察に連れていかれるだろうというような状況だというのに、陽炎に飛び込まされそうになったのだ。

「あの時はおまえさんが来た座標軸に印がなかったから難儀しただけで、今は日常的に出入りできるように座標軸をロックしてるから大丈夫だ。チビさんたちだって、気軽にここに来られてるだろう？」

「あー、確かに。じゃあ、工事の進捗状況の確認にも、ちょくちょく戻ってこられますよね？」

確認すると、もちろんだ、と返ってきて、秀尚は萩の尾に視線を向けた。

「どこまでお役に立てるか分かりませんが、よろしくお願いします」

改めて言うと、萩の尾からも改めて「こちらこそよろしくお願いします」と挨拶があり、秀尚は加ノ屋の休みの間、再びあわいの地に行くことになったのだった。

◇◆◇

「かのさん！」

「かのさん、いらっしゃい‼」

加ノ屋の耐震工事が始まり、秀尚は予定どおりにあわいの地にやってきた。

その間寝泊まりすることになる「萌芽の館」では、仔狐たちが大歓迎！ といった様子で秀尚を迎えてくれた。

仔狐といっても、全員が狐の姿をしているわけではない。

年齢でいえば三歳から五歳くらいまでの、人間の子供に近い姿をしている子が多く、人の姿にまったくなることができないのは二匹だけだ。

「近い姿」というのは、違うところがいくつかあるからだ。

まず、耳がある。耳といっても人間の耳ではなく、立派な狐の耳がぴょこんと頭の両脇にあり、そしてさらには、ふっさふさの尻尾がある。

季節的に冬毛《ふゆげ》でたっぷりのボリュームを誇る尻尾がご機嫌そうに揺れていた。

「お出迎えありがとうなー」

秀尚はそう言って周囲に群がる仔狐たちの頭を撫でていく。

「加ノ原殿、ようこそ」

その子供たちから少し離れた所でそう声をかけてきたのは、優美な人の姿をした長い髪の大人稲荷だ。彼にもやはり立派な耳と、そして四本の尻尾がある。

彼は薄緋《うすあけ》といい、この館の責任者であり、子供たちの世話をしている。

「また、お世話になります」

秀尚がぺこりと頭を下げると、

「こちらこそ、よろしくお願いします」

薄緋は微笑んで返した後、

「荷物は指示どおり、部屋と厨房に分けて運んであります。部屋は以前使われていた二階の客間を準備してありますよ」

　そう続けた。

「ありがとうございます」

「まず、お部屋にどうぞ。おまえたち、ご案内をお願いしますよ」

　薄緋が子供たちに声をかける。それに子供たちは揃って「はーい」と返事をした後、秀尚を客間まで案内してくれた。

　綺麗に掃除がされている客間には、薄緋の言葉どおり、先に加ノ屋から送っておいた秀尚の私物が運び込まれていた。

「かのさんがくるってきいて、いっしょうけんめいそうじしました！」

「ぼくは、まどふいたよ！」

　そう言うのは仲良しな双子狐の萌黄《もえぎ》と浅葱《あさぎ》だ。

「とよは、ことちゃんといっしょに、にもつはこんだ！」

豊峯《とよみね》という子供は、ねー、と殊尋《ことひろ》という子供と一緒に笑顔を見せる。

「はたえは、とえちゃんといっしょにおはなとってきて、つくえにかざったの」

二十重《はたえ》と十重《とえ》は、浅葱たちと同じく双子で、稲荷では数少ない女の子だ。女の子らしい気遣いで準備された花は、文机の上に置かれた小さな花瓶に可愛らしく活《い》けられていた。

「そっかー、みんなありがとな」

礼を言うと、子供たちはみんな嬉しそうに笑う。

「荷ほどきは後でするとして、厨房に下りようかな。昼飯の準備あるし」

秀尚が出した「昼飯」というキーワードに子供たちのテンションが上がる。

「おひるごはんなに？　おうどん？」

「おうどんだったら、とよ、きょうはかれーのおうどんがいい！」

豊峯が主張すると、

「ぼくは、かるろらーなのおうどんがいいです！」

相変わらず「カルボナーラ」を正しく言えない萌黄も負けじと主張する。

「今日はうどんじゃなくて、チャーハン。うどんが食いたかったか？　だったら明日の昼飯はうどんにしよう」

秀尚はそう言うと、子供たちと一緒に一階の厨に向かった。

厨でまず最初に秀尚がしたことは、冷蔵庫の扉と冷凍庫として使っている漆《うるし》塗りの箱の蓋を開けて、中で冷やす仕事をしている「ゆきんこ」に挨拶をすることだった。

「ゆきんこちゃんたち、お久しぶり。またよろしくね」

秀尚が挨拶をすると、二〜三頭身で十センチほどの大きさの、おかっぱ髪に赤い絣《かすり》の着物を纏《まと》い、ミトン型の手袋と藁靴《わらぐつ》を履《は》いた十五人ほどの子供たちがわらわらと秀尚との再会を喜ぶように体を揺らしたり、手を振ったりしてきた。

——相変わらず、かーわいい……。

彼女たちは、本宮と契約をしている雪女《ゆきおんな》のところのお嬢さんたちで、本宮の厨でも冷蔵庫と冷凍庫で食材を冷やしたり保存したりする仕事を請け負っているらしい。

「今回は、みんなにもお土産持ってきたんだよ」

秀尚はそう言うと、先に厨房に運び込んでもらっていた荷物の中にあった大きめの発泡スチロールの箱を開けると、そこから氷で作った半円のドームを取り出した。

「わあ……きれい」

「おはながはいってる！」

子供たちから歓声が上がる。

大小のボウルを使い、水を凍らせて作ったドームには、その氷の中に花が埋め込まれている。凍らせる時にエディブルフラワーを水と花を交互に入れて綺麗に散らばるようにして作ったものだ。

「前に作った休憩用のおうち、壊れちゃったって聞いたから、新しいの作ってきたよ」

秀尚が言うとゆきんこたちはピョンピョン跳ねて喜んだ。

彼女たちの仕事は置かれている空間を冷やすことなのだが、冷蔵庫として機能する温度を維持するためには一日で交代させてあげないと、どんどん弱ってしまい、最悪の場合は溶けてしまうらしいのだ。

働いたゆきんこは一日冷凍庫として使う箱に戻して休ませ、他のゆきんこと交代させる。

だが、同じ箱の中に休憩組と待機組がいると、休憩組がゆっくりと休めないかもしれない、という配慮と、余った氷がもったいなくて、以前ここにいた時に同じような休憩用の家を作ってゆきんこたちにプレゼントしたのだ。

その家が最近、待機組が遊んでいる時に勢い余ってぶつかって壊れ、壁に大きな穴が空いてしまった、という話を聞いたので、加ノ屋の冷凍庫で作ってきたのである。

「じゃあ、今日からここで休憩してね」

秀尚はそう言って、彼女たちのいる冷凍庫の中から穴の空いた氷の家を取り出し、代わりに持ってきた花入りの家を入れる。

前のものより一回り大きいので、以前は仕事を終えた四人のゆきんこが入ると少し手狭な感じがあったが、今回はゆったりだ。

ゆきんこたちは代わる代わる、ぺこりぺこりと頭を下げて謝意を伝えてくる。

「どういたしまして。また、よろしくね」

秀尚は改めて言うと、冷凍庫と冷蔵庫を閉める。

「さーて、昼飯作るか！」

秀尚が腕まくりをして言うと、子供たちからまた歓声が上がった。

「ちゃーはん！　ちゃーはん！」

奇妙なシュプレヒコールに笑いながら、秀尚は久しぶりの厨房で昼食作りを始めた。

本宮の厨から萩の尾が来たのは、秀尚が指定したからなのだが、昼食の後片づけを終えた頃だった。

時間ぴったりに萩の尾は姿を見せた。

「加ノ原殿、今日からよろしくお願いします」

頭を下げて言ってくる萩の尾に、秀尚も頭を下げて、

「こちらこそ、よろしくお願いします」

改めて挨拶をした。

「「「はじめまして、こんにちはー」」」

子供部屋に引きあげるところだった子供たちは、初めて見る萩の尾に少し戸惑いながらも言い、礼儀正しくぺこりと頭を下げて挨拶をする。

その様子に萩の尾は目を細めると、

「初めまして、皆さん、萩の尾といいます。今日からしばらく、加ノ原殿にお料理を習いにまいりますので、よろしくお願いします」

自己紹介をする。

子供たちは興味津々といった様子だが、

「さあ、おまえたち、子供部屋に行きますよ」

そのタイミングで薄緋が声をかけ、子供たちを連れて厨房を出ていった。

「えーっと、じゃあどうしようかな……、これから、子供たちのおやつの準備して、休憩を挟んで夕食の仕込みって流れなんですけど……おやつ作りを手伝ってもらっていいですか？」

秀尚が言うと、萩の尾は快諾し、二人で子供たちのおやつ作りを始める。

「何をお作りになるのですか？」

「今日はドーナツを作ろうと思います」

「どー……なつ？」

初めて聞いたのか、どこで区切っていいのか分かってなそうな発音で萩の尾が繰り返してきた。

「ドーナツっていうお菓子があって、揚げたもの、焼いたもの、生タイプの冷やして作るものとかがあるんです。生タイプは夏向けかな。今日はオーソドックスに、揚げたものを作ろうと思います」

秀尚はそう言うと、店で使っていた道具を運び入れていた箱から足りないものを取り出した。

秤《はかり》やボウルなど、使い慣れた道具を並べ、使う食材を台の上に準備する。

萩の尾は真面目に帳面――メモ帳というより、帳面というのがぴったりくる和綴《わと》じの手帳――に筆で書き込んでいく。

「小麦粉、砂糖、牛乳、バター、塩、あとこれは……ベーキングパウダー？」

初めて見るものだったのか、ベーキングパウダーの缶をまじまじと見た。

「えーっと、生地をふわっと膨《ふく》らませるためのものです」

秀尚が説明すると萩の尾は頷いた。

「膨らし粉ですね」

「あー、懐《なつ》かしい。昔ばあちゃんがよく言ってた、膨らし粉って」

まるで魔法の粉のような印象があって、大きくなってからその正体がベーキングパウダーだと知った時は、少しがっかりした気持ちだったのを覚えている。

「これで、どのような菓子ができるのか、楽しみです」

「そんな楽しみにされるほどのものでもないんですけど……とりあえず作りましょうか」

秀尚は言って、すべての材料の分量を量る。

今日作る予定のドーナツはオールドファッションで、分量さえ量ってしまえばわりと後はアバウトだ。

溶かしたバターをボウルに入れ、他の材料も入れてひとまとまりになるまで混ぜ合わせた後、ふわっとラップをかけて冷蔵庫で休ませ、生地を落ち着かせる。

生地を休ませたら、抜き型を使ってドーナツの型に抜いて、油で揚げればでき上がりだ。

「今揚げると匂いで子供たちが騒ぎだすんで、揚げるのはもう少し後にして、今のうちに夕食の仕込みを半分だけしようかと思います」

生地を休ませている間に、秀尚は次の作業に移る。

萩の尾は和食以外のものの作り方を知りたい様子だったので、まずは定番で子供たちの大好きなハンバーグを今夜の夕食にすることにした。

「肉は、うちの店ではあいびき肉を使うんですけど、牛肉ばかりで作るところもあるし、あいびき肉を使うにしてもどんな割合にするかは好きずきです。お豆腐を混ぜるヘルシーなレシピもありますし……。うちの店では牛肉七、豚肉三の割合のあいびき肉を使ってます」

説明しながら、準備してきた食材を台の上にまた順番に並べる。

萩の尾はそれらもまたきちんと、新しいページに書きつけていた。

みじん切りにしたタマネギを炒めていると、浅葱と萌黄、豊峯、寿々《すず》、実藤《さねふじ》の五人が厨房の入り口の両サイドに分かれて顔を覗かせながら、声をかけてきた。

「かのさん、なにつくってるんですか?」

「さー、なんだろうなー?」

問いかけをはぐらかすと、

「おやつ、つくってるの？」

豊峯が目を輝かせながら聞き、「おやつ、すき……」と寿々が控えめに呟く。

「これは夕ご飯の準備。おやつまでもう少し時間があるから、楽しみに待ってて。おいしいの作ってるから」

秀尚が言うと、五人は「おやつ、おやつ」と待ちきれない様子で合唱するように言う。

その様子に萩の尾は笑いながら、

「加ノ原殿は慕《した》われておいでですね」

と言った。

「胃袋を掴んでる自覚はありますね。まあ、俺しか料理する人間がいないから、必然的にそうなってるってだけですけど」

秀尚が笑って返した時、

「おまえたち、いないと思ったらやはりここでしたか……」

薄緋の声が聞こえてきた。

どうやら部屋を抜け出したのには気づいていたようだが、戻ってこないので探しに来たらしい。

「かのさんが、おいしいのつくってくれるって！」

「おいしいのできるの、みてたの」

実藤と浅葱が話しているのが聞こえる。

「加ノ原殿のお仕事の邪魔をしてはいけませんよ。今から外へ散歩に行きますから、実藤、浅葱、上の部屋に行って他の子たちを呼んできてください」

薄緋が言う。

館の中にいると、子供たちが秀尚を気にして、今のようにやってくるので、外に連れ出すことにしたようだ。

薄緋の言葉に実藤と浅葱は二階へと向かい、萌黄、寿々、豊峯の三人は一足先に玄関へと向かった様子だ。

子供たちが出かけた後、ハンバーグの種《たね》を作ったところで一度晩御飯の仕込みを切りあげ、今度は冷蔵庫で休ませていたドーナツの生地を取り出した。

ベーキングパウダーの作用でふんわりと膨らんだ生地を打ち粉をした作業台の上に乗せ、麺棒《めんぼう》で適度な厚みに伸ばす。

それから抜き型を使ってドーナツの形に抜き、順番に油で揚げていった。

「いい香りがしますね」

「そうでしょう?　生地に抹茶を混ぜたり、ドライフルーツを入れたり、いろいろとアレンジもできるんですよ。あと、揚げた後のドーナツにチョコレートをかけたりとか」

「なるほど……」

萩の尾はやはり気真面目《きまじめ》に書きつけている。そこに、

「お、早速やってるな。甘い、いい匂いがしてるが、それはなんだ?」

交代で勤務から上がってきたらしい陽炎が厨に入ってきた。

「子供たちのおやつのドーナツですが、陽炎さんの分は準備してません」

「まさか聞く前に言われるとは思ってなかったが、そこをなんとか」

ない、と言い切られても陽炎は食い下がってくる。

「丸い形じゃなくていいなら、棒状にした端材《はざい》を揚げますけど?」

「話が分かるじゃないか。それで頼む。萩の尾殿、どうだ? 何か参考になってるか?」

陽炎は作業台の近くにイスを持ってきて腰を下ろし、萩の尾に問う。

「はい! 見たことのない料理ばかりなので……とても楽しいです」

「そりゃよかった」

まるで自分の手柄のように陽炎は言ったが、不意に立ち上がった。萩の尾も何かを察したのか帳面に書き込む手を止めた。

「え、何かあったんですか……?」

以前にも似たようなことがあったのを思い出しながら秀尚が問うと、玄関のほうからバタバタと子供たちが駆け込んでくる足音がした。

そして、厨房の入り口に姿を見せると、

「うすあけさまとすーちゃんが！」

「ふたりがいなくなっちゃったの！」

血相を変えて口々に叫んだ。

「また時空の裂け目ができたのか⁉」

陽炎が問う。

「おさんぽのとちゅうで……」

「すーちゃんがつれてかれちゃったの。うすあけさま、たすけようとして…いっしょに……」

説明した十重の目から涙が溢《あふ》れる。

他の子供たちも目を潤《うる》ませていて、萌黄は両手で顔を覆《おお》っていた。

「分かった、おまえさんたちはここでじっとしてろ」

陽炎は言うと、寿々と薄緋を探しに外へと向かった。

子供たちは不安に駆られた様子で騒然としていたが、両手で顔を覆っていた萌黄が、

「ぼく……っ……ぼくが、ちゃんと……すーちゃっ……と、ぉてて、つなぃでなかっ……から……」

しゃくり上げながら、自分を責めるように言った。

散歩の時は迷子防止のために、二人一組で手を繋ぐことになっている。

だが急に間近にできた裂け目に驚いて、繋いだ手の力が弱まり、まるでそれを狙ったように裂け目から出てきた何者かの手に寿々が引っ張られて消えてしまったらしい。

すぐに気づいた薄緋が、裂け目が閉じる前にそこに飛び込んだが、結局薄緋を巻き込んだまま裂け目が閉じて、それきりになってしまったそうだ。

「ぼく……ぉ、せぃ……」

泣いて言う萌黄に、

「でも、でも、もえぎちゃんもつれてかれちゃってたかもだもん！」

豊峯は泣きながら、ぎゅっと萌黄を抱きしめる。

「そうだよ！　もえぎちゃんもいなくなっちゃったら、ぼく、どうしたらいいの？」

ずっと一緒にいた浅葱が、萌黄を失う恐怖に涙を浮かべ、豊峯とは反対側から萌黄を抱きしめた。

慰《なぐさ》めてくれる二人の気持ちがありがたいのと同時につらくもあって、萌黄は号泣《ごうきゅう》する。

それに釣られて豊峯と浅葱も号泣した。

「だいじょうぶだよ！　うすあけさまがいっしょだもん！」

「そうだよ！　すーちゃんもうすあけさまも、ちゃんとかえってくるよ！」

他の子供たちも半泣き、もしくは普通に泣きながら、自分たちに言い聞かせるように言った。

何の根拠もなくても、今はみんなそれを信じたいのだろう。

秀尚にしても、同じだった。

陽炎が戻ってきたのは、萌黄、浅葱、豊峯の号泣が収まった頃だった。

「かぎろいさま！」

「かぎろいさま、すーちゃんとうすあけさまは？」

子供たちがすぐさま問うが、陽炎は渋い顔をした。

「いや……裂け目は完全に閉じちまってて、痕跡《こんせき》は何も残ってなかった。警備で外にいた稲荷も、間に合わなかったらしい」

陽炎の言葉に、子供たちは落胆《らくたん》し、またしくしくと泣き始めた。

「みんな、泣かないで。警備のみんなが、きっとなんとかしてくれるから」

なんとかなるのかどうか分からないが、今の秀尚はそう言うしかなかった。

◇◆◇

その夜、子供たちが寝てから、以前のように厨で大人稲荷のための居酒屋が始まったが、いつものような明るさはなかった。

「薄緋殿まで入り込んで、そのまま、なんて……」

沈痛《ちんつう》な面持ちで、時雨が呟く。

その隣にいるのは濱旭だ。

加ノ屋からここの厨房に居酒屋を移動すると事前に伝えてあったので、いつものメンツがほぼ集まっているのだが、お通夜のような静けさだった。

「白狐様に報告は上げたんだよね？　白狐様は、なんて？」

「本宮に捜索のチームを組むよう命じてくださって、応援が来て探してくれてるが……正直裂け目はいつできて、どこに繋がってるのか分からないんでね……」

秀尚の問いに答える陽炎の言葉からはお手上げ、といったようなニュアンスが感じ取れた。

「……やっぱり、俺が来たからかな……」

陽炎は、今の秀尚なら大丈夫だと言ったが、来た初日に起きたこの騒ぎを考えると、やはりここに自分が来るということは、この世界のバランスを崩してしまうことなのかもしれないと思えた。

だが、その秀尚の言葉に陽炎と冬雪は頭を横に振った。

「そいつは違うぜ」

「そうだよ、加ノ原くんのせいじゃないよ。裂け目は日常的にできてる。ここはそういう場所だからね。ただ、最近は裂け目に動物が引き込まれたり、畑近くに裂け目ができて作物がもぎ取られたりってことがあったんだ。でも、どこにできるのかは予測できないし、すぐに消えるからどうにもできなくて……」

「寿々が引き込まれたっていう裂け目は、多分それだろう。薄緋殿も寿々を助けるために自分から飛び込んだものの……」

　腕組みをした陽炎は難しい顔をして言う。

「裂け目ってどこに繋がってるか分からないうえ、裂け目の中がどうなってるのかも分からないんでしょう？」

「ああ」

「分からないところに飛び込んだ薄緋殿がどこまで、どんな対処ができるのかも分かんないってことだよね……」

　濱旭が呟く。

「まあ、ここで二人の心配をしても埒《らち》が明かんだろう。細かい区画分担をして、裂け目ができたらすぐに固定し、閉じるまでの時間を長引かせて、二人の気配を探すってのが、捜索隊の策だ。二人がいなくても、気配だけなら残ってる可能性もあるからな」

「ああ、そうよね。裂け目が現れても、二人が引き込まれた裂け目かどうかまでは分からないものね」

「とりあえず、打てる手は全部打つしかないんでね。後は薄緋殿が不在の間の、子供たちの世話をどうするか、だ……」

陽炎の言葉に時雨がため息をついた。

「精神的なケアも必要だわね。特に萌黄ちゃんは……ショックだっただろうし」

子供たちはみんな、食欲がなかった。

いつもならあっという間に食べ終わるのに、今日は時間がかかったし、萌黄はハンバーグを半分残してしまった。

後でお腹《なか》が空いた時のために取っておくね、と声をかけて残してあるが、結局食べないまま寝てしまった。

しかも眠るまでも、みんないつもより時間がかかったのだ。

「とりあえず、薄緋殿が戻る前提で考えて、それまでは警備の僕たちが非番の時に交代で子供たちを見るしかないよね。長引くようなら、改めて本宮に申し立てをして人員の準備を頼むってことで」

冬雪が言う。

警備の合間まで子供たちの世話に当ててるのは体力的にもキツイのだが、すぐに人を頼むのは、薄緋が戻ってこないことを前提にしているようで嫌な様子だ。

それは陽炎や時雨、濱旭も同じだったようで、

「土日なら、アタシ、こっちに戻れるわよ」

「俺も、平日に出張代休取れるから、その時なら」

協力を申し出る。

「二人とも、休みの日はちゃんと休まないと……」

人界で働くのは、ここで任務に就くのとはまた別の意味で疲れることだ。

だから二人の休みを削らせてはと、冬雪は言ったが、

「いいわよ。ちっちゃい子たちと一緒だと和むし、癒されるし」

「そうそう。それに、こっちの手伝いだと、大将のおいしいご飯食べさせてもらえそうだし」

「おいしいご飯とかわいいこちゃんとの触れ合いなんて、ご褒美《ほうび》よねぇ」

時雨と濱旭はあえて明るい声を出して言った。

その言葉に、

「期待に沿えられるように、鋭意努力します」

秀尚はそう言ったが、今回の件と自分が来たこととは本当に無関係なんだろうか、と悩まずにはいられなかった。

三

三日が過ぎても、寿々と薄緋は戻ってこなかった。

裂け目は毎日できているようだった。警備に当たる稲荷が、陽炎が話していたように裂け目を固定できる者は力技で固定して、薄緋たちが逃げてこられる時間稼ぎをしつつ中の様子を探ったりしたようだが、どれも薄緋たちが引き込まれた裂け目ではなかったらしい。

なぜ違うと分かったのかと聞けば、どの裂け目にも、何の痕跡もなかったからだと教えられた。

寿々はともかくとして、一人前の稲荷である薄緋の気配というのは、必ず残るものらしい。もちろん、日数が経てば消えてしまうのだが、三日目ならまだまだ残っていてしかるべきらしいのだ。

「まあ、まだ三日目だ。諦めるのはまだ早い」

陽炎はそう言っていたが、それはどこか自分に言い聞かせているようにも聞こえた。

そして子供たちはといえば、やはり、寿々と薄緋のことが心配のようで元気がなかった。

ただ、初日のような食欲のなさはおさまり、萌黄もちゃんと出した分は食べるようになっていた。

「……かのさん、おそとにいきたい」

その日の午後、秀尚が昼食の片づけを終えた頃、厨にやってきた豊峯がそう言ってねだった。

二人がさらわれてから、子供たちにまた何かあってはいけないからと外遊びは禁止されていた。

だが、アウトドア派の子供たちにとっては三日目ともなると、いろいろと不自由な様子だ。

「そうだなぁ……。ちょっと待ってて、大人の人に聞いてくるから」

豊峯にそう言い置いて、秀尚は非番で館に詰めてくれている景仙に畑に連れていきたいと相談した。

「危ないのは危ないのですが……このままずっと、というわけにはいきませんしね」

景仙は思案するような顔をした後、

「私も一緒に行きましょう。念のため、畑と畑までの道の守りを強めてもらうように伝えておきます。その間、加ノ原殿は子供たちの準備をお願いできますか？　準備ができたら玄関の内側で待っていてください」

そう言うと、外で警備に当たる稲荷に連絡を取りに向かってくれた。

その間、秀尚は言われたとおり子供たちに外に行く旨を伝え、準備をさせて玄関で待機する。

少しして景仙が戻ってきて、彼の警護の許、みんなで外に出た。

うららかな日差しに、色とりどりの花が咲き乱れ、各種の果実がたわわに実る。

平和そのものといった光景の場所なのに、ここで三日前に二人が消えた。

そのことを思うと、何とも言えない気分になった。

「かのさん、どこにいくの？」

二人一組になる子供たちの中、十重と手を繋いだ二十重が聞いた。

「畑に行って、収穫を手伝ってもらおうと思ってるよ。今夜の夕食に使うトウモロコシに、サラダ用のサニーレタス、トマト、さやいんげん……」

順番に名前を上げていくと子供たちは採る担当を決め始める。

今日は萩の尾は厨当番で、本宮だ。夕食を仕込む時間から来るということで、今はまだ来ていなかった。

「ごはんなんだろ？」

「ぼくは、ゆでたとうもろこし、すき」

「あまくておいしいよねー」

みんな口々に話しながら畑を目指し、歩く。

だが、その時、先頭を歩いていた景仙が足を止め子供たちを制止した。

「え……何」

この様子には見覚えがあった。

裂け目ができた時、その気配を察した陽炎と萩の尾も似た様子を見せていた。

「みんな、手を強く繋ぎ合って」

咄嗟《とっさ》に秀尚が言った時、畑へと向かう一本道の向こうから、小さな子供が何やら見覚えのあるような色の大きな布を引きずって必死で走ってくるのが見えた。

「え……、なんだあれ」

戸惑っていると、景仙がその子供に向かって駆け出し、

「薄緋殿！」

呼んだ名前に、秀尚は驚愕《きょうがく》した。

子供たちも「え？」といった顔をしていたが、薄緋と聞いてみんな一斉《いっせい》に景仙の後を追って走り出した。

「うすあけさま！」

「うすあけさまー！」

「すーちゃん、すーちゃんは？」

秀尚たちが子供の許に来た時には、景仙が膝をつき「薄緋」と呼ばれた子供——館の子供たちよりもまだ幼く見える——をしっかりと支えていた。

「薄緋殿、大丈夫ですか？」

「……っ……わたし……より、すず、を……」

かなり焦《あせ》って走ってきたのか息切れしてかすれた声で言ったその子供は、抱いていた生まれたてに近いような大きさの仔狐を景仙へと手渡した。子供は景仙がそれをしっかりと受け取ったのを確認すると、安心したように倒れ込んだ。

「うすあけさま！」

「薄緋さん！」

秀尚は咄嗟に倒れた子供を抱き上げる。

子供が引きずってきた布は、あの日薄緋が着ていた着物だったことにその時に気づいた。

——マジで、薄緋さんなのか……？

戸惑いながらも、

「館に戻りましょう」

景仙が言うのに頷き、一向は来た道を足早に館へと取って返した。

館の治療部屋に運ばれた薄緋は、三十分ほどで意識を取り戻した。

詳しい話はもう少し落ち着いてから、と景仙が言ったのだが、体は小さくなってしまっても中身は元の薄緋のままらしく、

「大丈夫です。今、お話ししておきます」

と言うので、少し甘くしたホットミルクを飲んでもらいながら、話を聞くことになった。

薄緋によると、今回、寿々を捕らえたのは『餓鬼《がき》』で、裂け目の中には捕らえられた動物の骸《むくろ》や、食べ散らかされた作物などがあったらしい。

「あの裂け目の中では酷い倦怠感に襲われて、思うように抗《こう》することもできず……。寿々は幼く、私のように強い妖力《ようりょく》があるわけではありませんので、生気を吸われすぎれば消滅してしまいます。私はある程度小さくなってしまっても、後で妖力を補充できれば、多少時間がかかっても元に戻れますから……」

「身代わりになったってわけか」

薄緋の言葉に駆けつけた陽炎が聞く。それに薄緋は頷いた。

「はい。ですが防ぎきることはできず、思った以上に寿々も小さく……。私たちが小さくなったことで、そろそろ次の食事を確保しようと思ったのか、裂け目を開いたところを突いて、急いで出てきたのですが……」

そう言って薄緋は景仙が大事に抱いている寿々に目をやった。

その目は痛ましいといった様子を見せていたが、

「とりあえず、無事に戻れてよかったよ」

陽炎と一緒に駆けつけた冬雪がとりなすように言った。

「……そうですね、不幸中の幸い、かもしれませんが……。しかし、元の体に戻るのには時間がかかるでしょう。それに寿々は……赤ちゃんに戻ってしまいましたし」

妖力のあった薄緋は記憶や知識といった部分は奪われずにすんでいたが、寿々については、まったく分からなかった。

今は話すこともできない赤ちゃんなのだ。

もし、記憶が失われているのだとしたら。

積み上げてきた記憶がないという状態を、他の子供たちはどう受け止めるだろうか。

大人稲荷たちは沈痛な面持ちを見せた。

だがその中、

「でも、こうして無事に戻ってこられたんだから、もっかい育ててあげればいい話でしょ？　離乳食が必要なら作るし、ミルクしか無理だっていうなら飲ませてやればいい話なんだし、思い出とかも、また作ればいいじゃんって思うんですけど」

なんとか前向きに言った秀尚に、

「おまえさんらしい意見だ」

陽炎が少し笑って言い、

「そうだね、みんなで育てていけばいい話だね」

冬雪も賛同し、景仙も頷いた。

「とりあえず、薄緋殿はゆっくり休んで、体調を整えてくれ。食べたいものがあれば、加ノ原殿に」

陽炎が言うのに、

「結果俺に丸投げっていう」

秀尚が苦笑して返すと、薄緋は、

「そうですね。ひと眠りして……起きたら食べたいものを考えます」

一応、陽炎の言葉に乗って返してきたので、少し安心して、全員部屋の外に出た。

外では子供たちが待ち構えていて、

「うすあけさまは？」

「だいじょうぶ？　げんきになる？」

「すーちゃん、すーちゃんは？」

心配でいっぱいの顔で聞いてきた。

「ああ、大丈夫だ。今からちょっと寝るって言ってたから、静かにしてやってくれ」

陽炎はそう言ってから、

「少しずつ、元の薄緋殿に戻っていくと思うが、しばらくはみんなと同じくらいの大きさのままだと思う。でも元気だから、心配はいらないぞ」

現状の薄緋の姿について触れてから、

「寿々も今は赤ちゃんに戻ってるが、元気だし、またみんなと一緒に大きくなるからな」

景仙に抱かれている寿々に目をやりながら言った。

元気だと聞かされ、子供たちは安堵した様子を見せたが、その中、萌黄だけは眉根を寄せて手放しでは喜べない、といったような顔をしていた。

それが心配で、秀尚は声をかけようとしたが、

「さあ、それじゃあ、夕飯まで部屋で遊ぶか？　行くぞ！」

陽炎はそう言うとわざと小走りに子供部屋へと向かう。その陽炎の後を子供たちは反射的に追い、萌黄も浅葱に手を繋がれて一緒に走っていった。

それを見送ってから、

「厨へ行こうか」

冬雪に促され、景仙と秀尚は厨房へと向かった。

厨房には萩の尾が来ていて、準備してあった食材の下ごしらえを始めてくれていた。

「萩の尾さん、もう来てくれてたんですね。すみません、放っておいて」

「いえ、薄緋殿がお戻りになったというのは本宮にもすぐ連絡が入りましたので。ご様子

は？」

謝る秀尚に萩の尾は聞いた。

「子供の姿に戻っちゃってるんですけど、元気みたいです」

「子供の姿に……」

萩の尾は絶句した様子を見せたが、

「ああ、でも記憶も知識も元のままなんだよ。体は小さくなっちゃってるけどね」

心配ない、というように冬雪は言った。

「で、そちらの赤子は……？　一緒にさらわれたというお子ですか？」

萩の尾の視線は、景仙が抱いた寿々へと向けられた。

「ええ、そうです。……時に萩の尾殿、このくらいの赤子、何を食せるか分かりますか？」

景仙が問うが、萩の尾は首を傾げた。

「いえ……私もこれほどに幼い子は見たことがなくて」

「だよねぇ。……景仙殿、香耀殿に連絡取って、別宮の他の稲荷に大体の年齢っていうか月齢みたいなのが分からないか聞いてもらえないかな」

「ああ、そうですね。女稲荷の多い別宮でなら分かるかもしれません」

「じゃあ、水晶玉、取ってくるよ」

冬雪はそう言うと、一旦厨房を出た。

冬雪が戻るまでの間に「別宮」とは何なのか秀尚が聞いたところ、本宮とは別に「別宮」というのがあるそうだ。そこは七尾八尾の精鋭たちが集うところで、別名を「虎《とら》の穴《あな》」(狐なのに)と言うらしいが、今では「社畜《しゃちく》の宮」と呼ばれることも増えているというほどの、激務で有名なところらしい。

ほどなくして、水晶を手に冬雪が戻り、その水晶玉を通じて景仙は別宮で勤務中の妻の香耀に連絡を取った。

「景《けい》ちゃん、どうしたの?　何かあった?」

水晶玉の向こうに見えたのは、可憐という言葉がぴったりと当てはまる女の稲荷だった。白い肌に薔薇《ばら》色の頬、ツヤツヤの唇に、大きな目、と完全無敵の少女漫画のヒロインといった様子だ。

「仕事中にすまん、この赤子の大体の月齢と食べられるものを知りたいのだが……誰か分かる者を知らないか?」

そう言って景仙が見せた寿々に、彼女はひとしきり「ちいさーい、かわいー」と悶《もだ》えた後で、

「ちょっと待ってね、子供のいる稲荷に聞いてみるから」

と一旦画面から姿を消した。そして次に画面に映ったのはまた別の女稲荷だったが、彼

女もまた美しかった。

「あー、まだ生まれてすぐだわ。離乳食もまだまだ無理、ミルク一択《いったく》。何？　景仙殿、外で子供作ったの？」

違うと分かっていてブラックジョークを飛ばしてくる。

「まさか、そんな甲斐性《かいしょう》は自分にはありません」

「そうよねぇ、隣で見切れてる冬雪殿なら可能性なくもないけど」

笑いながら冬雪に被弾させてきた彼女に、

「女の子との出会いが皆無なのにかい？　紹介してよ」

冬雪は笑いながら返す。

「ごめんねぇ、持ち駒《ごま》切れてるのよ。とにかく、ミルク一択、三時間から四時間に一度の授乳でいけると思うから。じゃあ、忙しいから、またね」

そう言って通信を終わろうとする彼女の奥から、

「景ちゃん、またねー」

香耀がひらひらと手を振り、景仙が手を振り返そうとしたところで、映像が切れた。

「流苑《りゅうえん》殿は相変わらずの女傑《じょけつ》だったねぇ」

冬雪が苦笑しながら言う。

どうやら月齢を教えてくれた稲荷は流苑というらしい。

「まあ、ミルク一択ってことなんで、下ごしらえが一段落したら、俺、人界に行って買ってきます」

秀尚が言うのに、

「あ、大丈夫です。本宮で準備できますから、後で持ってきてもらえるように連絡しておきます」

萩の尾がそう返したので、頼むことにした。

「じゃあ、お願いします。……で、俺、今の電話？　で痛感したんですけど、景仙さんって、マジで勝ち組なんですね」

しみじみ呟いた秀尚に、冬雪と萩の尾は無言で深く頷き、景仙はただ苦笑した。

◇◆◇

「やぁだぁぁぁ、なに、可愛いぃぃぃぃ！」

身悶える時雨の様子を、薄緋はかつてと同じクールな眼差しで見つめ、

「落ち着いてくださいい、時雨殿……」

多少呆れた声で言う。

翌日から薄緋は仕事に戻った。

だが、昨夜の居酒屋で薄緋が無事に戻ったことを聞いて、午後から会社の休暇を取って様子を見に来た時雨は、ちまっとした姿で、かつてのようにきりっとしている薄緋の姿を見るなり、そのギャップが愛らしくてたまらず、萌え転がった。

「時雨殿、興奮しすぎだ。少し落ち着け」

陽炎はそう言うが、面白そうに笑っている。

「落ち着けって、無理よぉ。こんなに可愛いんだもの！」

悶えるように言う時雨を見る薄緋の目は、半分ほど呆れている。もう半分は諦めだ。

なぜなら昨日、戻ってきてからここまでの時間で、薄緋のことを知り訪ねてきた大人稲荷は全員、似たような――まあ、時雨ほどあからさまではなかったが――反応だったからだ。

「時雨殿、一応言っておきますが、中身は元のままですから……」

いつもの口調で言ってみるが、声も違えば舌の長さも子供の体では違うからか、舌ったらずな発音になってしまう。

それで余計に時雨は悶えた。

「うん！　分かってるわ！　ああああ、可愛いぃぃぃぃぃ！　ね、みんなと同じ服も可愛いけど、他のも着てみない？　人界で可愛いの、いろいろ調達してくるわよ！」

薄緋は今、子供たちと同じ作務衣風の服を着ている。

そのため、子供たちと混ざっていると薄緋とはすぐに気づかぬほどに馴染んでいるのだが、子供の姿でみんなに指示を出し、いつもどおりにキリキリと働いている様は、確かに愛らしい。

「これが噂のギャップ萌えってやつか……」

と秀尚も思う。

元々可愛いものなどへの「萌え」に敏感な時雨であれば、こういう反応になるのも致し方ないだろう。

「いえ……、ありがたいとは思いますが、丁重にお断りします。子供たちが羨《うらや》ましがってもいけませんし、すぐに成長すると思いますから……」

子供たちの服や持ち物は基本的に全員同じだ。

女子である十重と二十重だけは、髪を飾るリボンやパッチン留め、ゴムなどを持っているる——これも時雨がプレゼントしたものだ——が、他の子供たちは「女の子には必要なものだから」と考えているらしく、それを羨ましく思うことはない。

だが、他のものを一人だけ特別に与えられれば、そうはいかないだろう。

薄緋はみんなと立場は違うが、それでも妙な諍《いさか》いの種になる可能性を危惧《きぐ》しているのだ。

「じゃあ、パジャマはどう？　子供たちだってパジャマは人界で調達したの着せてるわけだし！　少し大きめのにすれば薄緋殿が着なくなっても、子供たちに回せるじゃない」

服を断られた時雨は、食い下がってそう提案してくる。

「薄緋に可愛いものを着せたい」という願望はどうしても諦められないらしい。

「ここまで懇願《こんがん》してるんだ。薄緋殿、それくらいは飲んでやっちゃどうだ？」

陽炎が時雨の援護射撃をする。それに薄緋は小さく息を吐くと、

「……分かりました」

承諾《しょうだく》の意を口にした。

「分かったわ！　じゃあ、明日の夜に間に合うように持ってくるわね。今日は子供たちのお世話をお手伝いするから」

時雨は嬉しげに言った後で、

「それで、すーちゃんはどうしてるの？　あの子、赤ちゃんに戻っちゃったって聞いてるんだけど……」

心配した様子で寿々の様子を聞いてきた。

「ああ、完全に赤子だな。ミルクを飲む時以外はほぼ寝てる」

「そんなに小さくなっちゃったのね。……でも、薄緋殿がこの大きさになっちゃってるのに、消滅せずに赤子の状態で残れたって、奇跡に近いわよね」

しみじみと時雨は言ってから、

「で、すーちゃんはどこにいるの？」

改めて聞き、秀尚が口を開いた。

「寝てることが多いなら、ここで俺が様子を見ながらミルクの世話とかするって話になったんですけど、萌黄が……」

それは今朝のことだった。

赤ちゃん狐はほぼ寝て過ごすらしい、ということは、昨夜、ミルクと一緒に届いた育児雑誌――正確には『育狐雑誌』かもしれないが、稲荷界ではそんな専門誌も出ていて、子育ての悩みは人間と似たようなものらしい――に書いてあった。

それなら、厨房と続きになっている小上がりの食事用の和室に寿々の眠る場所を設《もう》けて、ここで秀尚が仕込みをしながら寿々の様子を見ればいいんじゃないかと、前夜のうちに話はまとまった。

だが、それを聞いた萌黄が、

「みんなといっしょのほうが、すーちゃんさみしくないです。……ぼくがずっとだっこしてます」

と、朝食後に申し出た。

もちろん、手を放してしまった責任を強く感じているからだというのはすぐに分かり、

「萌黄、そんなに今回のことで自分を責めなくていいんだぞ」

秀尚は気にしないように言ったが、萌黄は俯いて「でも……」と聞き入れようとはしなかった。

その様子に、

「そうだな、萌黄は面倒見もいいし、寿々の世話係に適任じゃないか？」

陽炎はそう言って、萌黄に任せてはどうかと薄緋と秀尚を見た。

秀尚は正直、子供に赤子の世話をさせるのは負担が大きいんじゃないだろうかと思ったのだが、薄緋は、

「そうですね……。萌黄、寿々をお願いできますか？」

と、寿々を萌黄に任せることを受け入れた。

それに萌黄は顔を上げて「はい！」と嬉しそうに返事をする。

とにかく寿々に対して「何かをしてあげられる」ことが嬉しいのだろう。

とはいえ、萌黄にできることは限られているので、授乳時間には厨房に連れてくること、夜は秀尚が預かることを承諾させた。

「それで、今は萌黄がスリングって抱っこ紐の布版みたいなのをつけて、そこにすーちゃんを入れて一緒に過ごしてます」

秀尚の説明に、時雨はため息をついた。

「萌黄ちゃん、責任感強い子だものね……。聞いてる限りの状況じゃ、大人にだってどうしようもなかったと思うのにね」

しみじみと言ってから、

「じゃあ、アタシ、子供たちの様子見てくるわ」

と、時雨は子供部屋へと向かった。

それを見送ってから、

「じゃあ、俺もそろそろ任務交代に行ってくる」

陽炎も、警備任務の交代に向かった。

「……いろいろと、気にかけてもらえてありがたいことですね……」

薄緋が呟く。それに秀尚が、

「それは、薄緋さんも普段からみんなのことを気にかけてるからですよ」

と返すと、薄緋はいつものように穏やかに微笑んだ。

だが、いつもと違う子供の姿で微笑まれると恐ろしく可愛らしくて。

——今、目の前に『萌えボタン』あったら、俺、間違いなく連打してんな。時雨さんのこと笑えない……。

そう思ったのだった。

さて、薄緋と寿々が無事に戻り、小さくなってしまったとはいえ、寿々は食欲も旺盛で与えたミルクはきちんと飲み干してくれるいい子だし、夜泣きもない。

萌黄も夜に眠る時以外は「一緒にいる」という安心感があるのか、精神的に安定しているように見えた。

が、意外なところで問題が起きた。

薄緋だ。

薄緋は今までどおりの仕事に励んでいるのだが、子供の体ではこれまでのようにはいかず、かなり無理をしているように見えた。

本人にはあまり自覚がないというか、頭の中は大人のままなので、「体が小さくなっただけ」という感覚でいろいろなことをこなしているのだが、「体が小さくなったこと」が実は問題だった。

「薄緋さん、これ味見……」

薄緋たちが戻ってきてから三日目。今日は午後から萩の尾が一緒で、厨房で手伝ってもらいながら、夕食とおやつ作りをしていた。

薄緋がいつもみんなが食事をする奥の和室で本宮に出す書類の整理をすると言っていた――いつもは自分の部屋でしているのだが、不在の間に溜まってしまい、大きな机が必要になったのだ——ので、仕事の息抜きついでに味見でも、と思ったのだ。しかし薄緋は机に突っ伏して寝ていた。

最近、薄緋はこうしてよく電池が切れたように寝ていることが多い。

子供の体で、これまでと同じようにしようとすると本人が気づかない間に無理が出るので、知らぬ間に疲れが溜まってしまっているのだ。

「寝ちゃってる……」

「お疲れなのですね」

秀尚と萩の尾は密やかな声で言い、秀尚はそっと和室に上がると、子供たちが食事中に寒がった時のために置いてある膝かけを手に取り、薄緋の体にかけた。

そして再び音を立てないように和室を出て、萩の尾と一緒におやつの支度を続けた。

それから二十分ほどした頃、

「私、また眠ってしまっていたのですね……。起こしてくださればよいのに」

目を覚ました薄緋が厨房にやってきて言った。

「なんか、起こすのが悪いっていうか……疲れてるんですよ、薄緋さん」

秀尚が言うのに続いて、

「薄緋殿の能力に、今の体が見合っていないのではありませんか？　このままでは、薄緋殿のお体が心配です」

萩の尾が言った。

「いえ、大丈夫です。少しずつ加減も分かってきていますし……」

薄緋はそう言うが、

「でも、もし薄緋さんになんかあったら、また萌黄が責任感じちゃうと思うんですよね。自分がすーちゃんの手を放しちゃったからだって」

秀尚が言うと薄緋は考えるような顔をした。

そこに畳みかけるようにして、薄緋が寝ている間に萩の尾と相談していたことを切りだした。

「本宮のほうにも、子供を育てるところがあるって前に話してたじゃないですか」

「ええ……『仔狐の館』ですね。正式な名前は別にあったと思いますが……」

薄緋が頷きながら返してくる。

「そこから、世話役の稲荷を一人、ヘルプで呼ぶのはどうかなって思うんですけど」

秀尚の提案に薄緋は眉根を寄せた。

「ですが、あちらとて忙しいのは変わりないわけですし……」

「確かに人員が潤沢《じゅんたく》というわけではありませんが、あちらの真緒殿《まそほ》もこちらのことを気にかけておいでです。何かあればすぐにと言ってくださいました」

萩の尾の言葉にも、薄緋はまだしばらく思案する様子を見せていたが、

「今は緊急事態と言っていい状況だと思いますし、加ノ原殿のおっしゃるとおり、今、薄緋殿に何かがあれば子供たちがもっと気に病むかと思います」

続けられた言葉には、やはり思うところがあるらしく、

「……そうですね。確かに今の私には『元のように』というのは、いささか難しいのでしょうね」

そう言ってから、少し間を置くと、

「真赭殿に連絡を取り、手伝いを頼めないか聞いてみます」

そう告げると、厨房を出た。

おそらく自室に戻り、連絡を取るのだろう。

「薄緋さんも、いろいろもどかしいんだろうな……」

できるはずなのに体がついてこない。

子供の体であることでやってくる限界を、まだしっかりと認識できていないのだろう。

呟いた秀尚に、

「大丈夫です。薄緋殿は割り切ることも上手なお方ですから、納得して答えを出されたのであれば、迷われることはありません」

萩の尾はそう言ってから、

「ああ、いい匂いがしてきましたね。そろそろでき上がる頃でしょうか……?」

火にかけていた蒸《む》し器から漂ってくる匂いに、気分を変えるように言った。

「そうですね。ちょうどおやつ時に蒸し上がりそうですね」

秀尚もそう言って、薄緋のことはこれ以上自分ではどうにもできないので、できるだけ考えないようにして、子供たちの今日のおやつである芋餡《いもあん》入りのふかし饅頭《まんじゅう》と、豚肉入りのふかし饅頭の仕上がりを待った。

それから間もなく、秀尚が呼ぶより早く漂っていた匂いに釣られた子供たちが厨房にやってきて、今日もにぎやかなおやつタイムが始まったのだった。

四

「うすあけさま、じゅあんさま、おそうじおわりました」

子供たちが仕事の一つである掃除を終えて、厨房にいた二人に報告にやってくる。

「では点検にまいりましょうか」

「そうですね」

そう言って子供たちが掃除を終えた場所の点検に行くのは薄緋と、それから薄緋からのヘルプ要請に応えて、本宮から派遣されてきた珠杏《じゅあん》という優しげに整った面立ちの稲荷——やはり男の——だった。

薄緋が本宮にある「仔狐の館」と呼ばれている施設——あわいの地の子供たちも稲荷になる素質がはっきりと認められてもう少し成長すれば、そちらに移ることになる——の館長である真赭に連絡を取ったところ、すぐに応じてくれ、翌日には珠杏が来てくれた。

初日は、いつも世話をしている子供たちよりもさらに幼い子たちに若干戸惑っていた珠杏だが、翌日には慣れた様子で子供たちの世話をしていた。

珠杏が来たことで薄緋も身体的な負担が減り、ついでに「子供の体には昼寝が必要だ」ということもちゃんと認識したらしい。体調を万全にしておくことも仕事の一つとして、昼食を食べた後、少し落ち着いてから軽く昼寝をするようになった。

『薄緋殿は割り切ることも上手なお方ですから』と萩の尾が言っていたが、それを秀尚は実感した。

ついでに言うと薄緋の割り切りのよさというか、開き直りのよさは他のことにも発揮《はっき》されていた。

「それで、今日できた裂け目も固定してみたんだが、薄緋殿が言ってたのとは、どうも違うようでな」

任務を終えた陽炎が厨房に味見という名のつまみ食いをしにやってきたのだが、そこに現れた薄緋に今日の報告を始める。そして一通り聞いた薄緋は、

「そうですか……。警備が物々しくなったことに気づいて、警戒しているのかもしれませんね」

そう言った後、

「ところで私、思うところがあるのですが」

と、不意に切り出した。

「ん？　なんだ？」

首を傾げた陽炎に、

「こうやって見下ろされるのが、非常に不愉快なんです。私と話す時は膝をついて目線を合わせてもらえませんか」

半ばキレかかった様子で言い放った。

子供の姿になってからというもの、これまで同じ目線で話していた陽炎たちに見下ろされ、また自分が見上げなくてはならないという状況に不満を感じていたらしい。

子供の体だから仕方がないと思っていたようだが、その状況を割り切って受け止めるようになるのと同時に、「ちょっとした相手の配慮で改善できることは我慢しない」という開き直りをしたようだった。

そのうちの一つが、この目線を合わせろ、だ。

「なるほど」

陽炎は納得した様子で呟いた後、膝をつくのかと思いきや、腰を折ると、

「なら、これでどうだ」

と、薄緋を抱き上げた。

それはそれで「子供扱いをしないでください」と怒るんじゃないかと思ったのだが、薄緋は、

「……思惑と違いましたが、これはこれで悪くありませんね…」

多少、陽炎よりも目線が下になるとはいえ、見下ろされるという感じが薄くなったことに納得した様子でそう言った。

「気に入ったか。じゃあ、冬雪殿や景仙殿にも、薄緋殿と話す時には抱き上げて目線を合わせてからにしろと伝えておこう」

陽炎の言葉に薄緋は「よろしくお願いします」と返し、秀尚は内心で「よろしくお願いしちゃうんだ……」と思ったが、言葉にはしなかった。

陽炎からの伝言はきちんと伝わったらしく、薄緋と話す時は全員が薄緋を抱き上げるようになった。

「当たり前のことかもしれませんが……抱き方一つを取ってみても、それぞれ個性が出るものですね」

二日ほどして一通りの常連稲荷に抱き上げられた薄緋は、仕事合間の休憩に配膳台の脇に置かれたイスに座し、秀尚が出したお茶を口にしながら言った。

「そういうもんですか？」

「ええ。たとえば陽炎殿ですが、抱き方が少し雑です。抱き上げる時も下ろす時も勢いがいいので、スリルを楽しむ子供は喜ぶでしょうね」

「あー……いつもの行動見てたら、そういう感じありますよね」

思い当たる節があってそう返すと、薄緋は「そうでしょう」といった様子で頷き、続けた。

「景仙殿は、今すぐ父親になっても大丈夫な安心感があります」

「評価高いですね。じゃあ、冬雪さんはどうですか？」

聞いた秀尚に薄緋は、

「冬雪殿の場合、タラシの本領発揮ですね、といったところでしょうか……」

短い言葉ながら、ものすごく理解できた。

「なんか、抱き方が手慣れてる感じしますよね……」

陽炎と景仙は、普通に「子供を抱く」といった感じなのだが、冬雪は少し違う。

抱き上げられている時の薄緋の体の角度が違うと言えばいいのか、きちんと背筋が立つように抱いていて、それでいて安定している感じなのだ。

「お嬢様抱っこっていうか……」

「ああいう抱き上げ方を、どこで学んでくるんでしょうね……。まあ冬雪殿のことですから、天性のものかもしれませんが……」

聞きようによっては失礼なことを、薄緋はしれっと言う。

それが妙に納得できてしまうことと、それを言っている薄緋の姿の幼さとのギャップに、秀尚は笑いそうになるのを必死でこらえた。

◆◇◆

薄緋と寿々が小さくなったままであることを除けば、館はほぼ元の状態に戻ったといってよかったが、もう一つ問題があった。

例の、裂け目から現れる餓鬼の問題だ。

子供たちの外遊びは極端に制限された状態が続いていて、アウトドア派は、頭では理解しつつもフラストレーションを溜めていた。

なんとかしないとならないことは誰もが分かっているが、かといって危険の残る現状で外遊びを解禁することはできない。

「さて、どうすりゃいいかねぇ」

いつもどおりの居酒屋タイムの厨房に集まってきた稲荷たちの話題も餓鬼のことだった。

「今のところ、出現した裂け目は全部ハズレだったわけでしょ？　あ、薄緋殿、何か取りましょうか？　出汁《だし》巻《ま》きはどう？」

そう言ったのは時雨で、時雨の膝の上には薄緋が鎮座している。薄緋はこれまで居酒屋にはあまり来なかったのだが、最近の話題が餓鬼に関したことなので参加するようになった。

「では……出汁巻きと、そちらの煮物を少し」

「分かったわ、ちょっと待って」

時雨は取り皿に出汁巻き玉子と、煮物を彩《いろど》りよく取り分け、薄緋の前に置く。

「はい、どうぞ」

「いただきます」

きちんと手を合わせて食べ始める薄緋は、パウダーピンクのふわふわもこもこした素材の可愛いパジャマを着ている。

無論、時雨が買ってきたもののうちの一つだ。

——ピンクをチョイスしてくるってところが時雨さんらしいっていうか……。それを特に文句なく薄緋さんも着てるし……。

しかも似合っている。

そして、違うものを薄緋が着るたびに、時雨は携帯電話で時雨の写真を撮りまくっている。

薄緋も、特に写真を撮られても思うところはないらしく、ポーズを撮るわけではないが嫌がるわけでもない。

そんな様子にいろいろ思うところはあるが、秀尚は決して言葉にはしなかった。

なぜなら真っ先に突っ込むだろう陽炎が黙っているので、「突っ込まないほうが無難」と認識しているからだ。

ちなみに、時雨の膝の上なのは、普通のイスに座ると配膳台が高すぎるからである。

「中までしっかり味が染み込んでいて、おいしいですね」

煮物を口にした薄緋が秀尚を見て言う。

「そうですか？　よかったです」

「おいしいものを食べて、飲んでる時って、ホント幸せーって感じするよねー」

濱旭が満足そうに言って、コップのビールを飲み干す。

「分かるわー。アタシ、本宮勤めに戻っても、『気』だけで暮らすの無理な体になってると思うもの」

しみじみと言う時雨に、

「『女の子ってご飯の後にベツバラって言ってケーキ食べるって知ってた？　信じられない』って言ってた頃のおまえさんが懐かしいな」

陽炎が笑って言う。

「ああ、あったわね……。今は分かる気がするわ……アタシはしないけどね」

「おいしいものの魔力だよねー」

濱旭も理解できるのか、そう言って笑う。

「それで、餓鬼の話に戻したいのですが……」

取り皿に分けられた出汁巻きと煮物を食べ終えた薄緋が言った。

「ああ、その話しなきゃね」

「私たちを捕らえた裂け目が今のところここで確認されていないということは、私たちから奪った生気でまだ満たされているのか、それとも他のところを襲いに行っているのか、のどちらかなのでしょうね……」

薄緋の言葉に陽炎は頷いた。

「前に畑の野菜やら果物やらが食い荒らされてたことがあったが、あれも餓鬼の仕業だったんだろう。今はそれもやんでるところをみると、薄緋殿の言う二つのうちのどちらかだろうな」

「でもさ、餓鬼ってことはお腹が空いてるんですよね？」

秀尚が確認するように問う。

それに全員が頷いた。

「だったら、満たされてるってことはないんじゃないのかな。いつもお腹空かせてるって印象あるんですけど」

「それもそうか……。ってことはよそを襲ってるってセンが濃厚だな」

陽炎が腕組みをしながら言った。

「あわいよりも簡単に食料が手に入る場所を見つけたなら、そうなるわね」

時雨の言葉に、

「そしたら、もう来ないかもってこと……にはなんないか。気まぐれに戻ってくる可能性あるよね」

濱旭は言いかけて自己解決した。

「いつ戻るか予測できないのが問題ですね……。子供たちをこのまま館に閉じ込めておくわけにもいきませんし……」

思案顔で言った薄緋に、全員、それぞれ考えを巡《めぐ》らせる。その中、秀尚はあることを思いついた。

「じゃあ、餌《えさ》になるものをしかけて、おびき寄せて捕まえるってのはどう？」

「餌をしかけるって、動物を狩るんじゃないんだから」

時雨はそう言って笑ったが、

「いや、思いつくまま全部試すってのは、ありかもしれないぞ。他に妙案が出るなら別だが、何もしないで手をこまねいているよりはいいだろう」

陽炎が賛成を口にした。

「数打ちゃ当たる方式かぁ……。確かに何もしないよりはいいのかも」

濱旭も賛成寄りの意見を言うが、

「陽炎殿、あなた、面白がっているのでは？」

小さくとも明断な頭脳はそのままの薄緋が、冷静に突っ込む。

それは半分ほど当たっていたのか、陽炎は笑ってごまかした。

結局、その後も特に代案が出ることもなく、漫然と待つよりは何かしておくほうがいい、ということになり、餌で餓鬼をおびき寄せる作戦を試すことになった。


翌朝、秀尚は人界に戻った。

餓鬼とっ捕まえ大作戦と子供たち用の食材を購入するためと、加ノ屋の耐震工事の進捗を見るためだ。

現場監督に数日実家に戻ると言っておいたので、工事の進捗は携帯電話に毎日報告をしてくれているし――あわいの地は圏外なのだが、繋がるように濱旭が秀尚の携帯電話に術をかけてくれた――、大家夫妻もちょくちょく様子を見に来てくれているらしい。

ついでに言えば神原も様子を見に来たらしく、

「あんたの友達のお兄ちゃん、大工仕事好きなんやなあ。耐震工事終わった後、ちょっとリフォーム考えてる、言うていろいろ相談されたわ」

差し入れを持って現場に行くと、監督が笑って話してくれた。

工事は順調に進んでいる様子で、ここまでの工事の一通りの説明と、この後の進め方についての説明を受けて、秀尚は再びあわいの地に戻ってきた。

そして子供たちの昼食の準備――きょうは野菜たっぷりの中華あんかけ麺にした――をしながら、餓鬼をおびき寄せるための餌作りをする。

餌作りといっても、今夜の子供たちの夕食にするから揚げを、餓鬼の分だけはチューリップにした手羽先を使って作るだけだ。

なぜ、チューリップにしたのかといえば、骨付き肉のほうが見た目に分かりやすい『食べ物』感が出ると思ったからだ。

子供たちが昼食を終え、部屋へ遊びに戻ったところで、秀尚は作戦用のチューリップを揚げた。

そして揚げたてを皿に載せると、薄緋と冬雪と一緒に館の外、本日の作戦現場となる場所へと向かった。

作戦現場は畑の少し先にある、今は何も植えられていない広場だ。

そこに向かうと、先に来て作業をしていた陽炎が近づいてくる三人に気づき、手を振ってきた。

なぜかその片手には大きなシャベルがあった。

「おー、やっと来たか。こっちの準備は万全だぞ」

ものすごくいい笑顔で、嬉しそうに言う陽炎の背後には大きな穴が掘られている。

一メートルほどの直径で、深さも同じくらいあるだろうか。

昨夜、「餓鬼とっ捕まえ大作戦」の決行が決まると、陽炎は餓鬼の大体のサイズを聞いていた。

捕獲した時の人員をどの程度準備するか考えるためだったのだが、

「さほど大きくはありませんでしたね。館の子供たちと似たくらいかと」

と言う薄緋の言葉に、

「だったら、もう一つ罠をしかけようじゃないか」

と言い出したのだ。

「え、別におびき寄せるだけでよくないですか？　出てきたとこを捕まえれば」

秀尚の言葉に、みんな同意するように頷いたのだが、

「そんなつまらんことを言うもんじゃない。それに、もし捕獲に失敗してみろ。今度は警戒してなかなか出てこなくなるぞ。念には念を入れて、だ」

陽炎はもっともらしく言った。

だが、一番の本音は「普通に捕まえてもつまらない」というところなんだろうなと全員が理解した。

それで、そんなに陽炎がやりたいのなら、罠担当は陽炎、おびき寄せる餌担当は秀尚と

いう役割分担が決まったのだ。

「その穴、なんなのかな」

冬雪が予想がつきながらも一応聞く。

「見てのとおり、落とし穴だ」

にこやかに返してくる陽炎に、

「うん、見たままだったね」

爽やかな笑顔で冬雪が返す。

その様子に、

——あれって、絶対、自分が作った落とし穴に誰かが落ちるドッキリをやりたいだけなんだろうなー……。

秀尚は胸の内で呟いた。

何しろ、秀尚が録画しておいた大みそかのバラエティー特番で、落とし穴ドッキリのところで一番楽しんでいたのが陽炎だ。

「で、穴の中に餌を仕込めばいいの？」

秀尚が問うと、陽炎は立てた人差し指を左右に振って、ちっちっち、と舌打ちする。

「それじゃあ何も面白くないだろう？」

「罠に面白さを求めてたんですか、あなた」

即座に突っ込んだのは、冬雪に抱き上げられた薄緋だ。

「いやいや、そうじゃない。いくらおいしそうなから揚げといっても、餓鬼もそう馬鹿じゃないだろう。穴の中に入っていくとは考えられない。よって、こうだ」

陽炎はそう言うと穴を覆うように大きな筵《むしろ》を被せた。そしてその上にカモフラージュ用の土を薄く乗せて筵がバレないようにする。

当然そこだけが掘り返されて土の色がむき出しにされていれば警戒されるので、穴の周辺はすべて一度耕《たがや》されたようにした。

「で、この穴の上にから揚げの皿を載せて……と」

秀尚からから揚げの皿を受け取った陽炎が、筵で蓋をされた落とし穴の上に置く。皿とから揚げの重みでほんの少し筵がたわんだが、不自然ではない程度で止まった。

「いいんじゃないかな」

冬雪の言葉に、

「後は、餓鬼が出てくるのを待つだけだな」

陽炎は自信たっぷりな様子で言うが、

「……外にから揚げのお皿が置かれているなんて……不自然に思えますけれどね。こんなので本当に来るんでしょうか……」

薄緋が懐疑的な眼差しでから揚げの皿を見ながら言う。

確かに耕された土の上に、から揚げの皿がポツンと置いてある光景はシュール以外の何ものでもない。

普通はそんなものが置いてあっても、絶対に怪しんで手をつけないだろう。

「まあ、いろいろ試していく過程の一つってことで」

このシュールさは想像していなかった秀尚は苦笑しながら言うが、

「いやいや、相手は餓鬼だからな。それにいい匂いがしてるじゃないか。ニンニク多めの醤油だな」

陽炎は匂いだけでソムリエのごとく味つけを当ててくる。

「はい。香りが立ったほうがいいのかと思って」

「今夜の肴に出るのか？」

「一応そのつもりです」

秀尚が返すと、陽炎は小さくガッツポーズを作って「ヨシ！」と力を込めて言う。

「さて、雁首《がんくび》揃えてここで待ってても仕方ないから、監視と捕獲は陽炎殿に任せて、館に戻ろうか」

冬雪の言葉に頷き、秀尚たちは館に戻ることにした。陽炎も近くの植え込みの後ろにでも隠れようとしたのか、穴に背を向け、四人揃って穴から離れる。

その途端、異変を感じ取った陽炎と冬雪が足を止めて振り返り、それに秀尚も振り返った。

　すると、そこには以前にも一度見たことのある「時空の裂け目」ができていた。

　穏和なあわいの地の光景に、まるでナイフで切れ込みを入れたように異空間がぱっくりと口を開き、そこから黒い靄《もや》の塊《かたまり》のようなものが出てきていた。

「……あれが餓鬼です」

　小さな声で薄緋が呟く。

――うっそ……来ちゃった…。

　多分それは、秀尚だけではなく全員の心の中に浮かんだ言葉だっただろう。

　餓鬼は半分だけ異空間から体を出し、鼻をスンスン鳴らして匂いの元であるから揚げに目を向けた。

　それから周囲を見渡し、その時、確実に秀尚たちの姿を見たはずなのに、餓鬼はこちらに気づいていない様子だった。

　後で聞けば、時空の裂け目ができた時点で、陽炎が術《じゅつ》をかけてこちらを見えないようにしていたらしい。

　餓鬼は周囲を見渡して何もないのを確認したらしく裂け目から出てきた。

　そしてから揚げの皿へ、一直線に向かい――忽然《こつぜん》と姿を消した。

　ぽすん、という音と共に、

「かかったぁぁぁぁ！」

陽炎が穴へとダッシュし、そこに飛び込む。

そして穴から出てきた時、右手には術で作り出した縄で縛られた餓鬼をしっかりと捕らえていた。

「獲《と》ったぞ―――――！」

本当に、これ以上ない笑顔で雄《お》たけびを上げる陽炎に、

――うん！　それも見たことある！　テレビで！

そう思わずにいられない秀尚だった。

◆◇◆

さて、捕らえた餓鬼を連れ、一同は館に戻ってきた。

館の奥にある物置で、餓鬼を妖力で作った檻に入れてから、陽炎はパチンと一つ指を鳴らした。

その音と共に縛りつけていた縄が解け、餓鬼は柵に飛びついたが、パチパチっと音がし

て慌てて柵から離れた。

「……え、何？　柵に何か、しかけが？」

餓鬼の様子に秀尚が首を傾げる。

「ああ。こいつが柵に触れたら、ビリっとくる感じだな」

陽炎が説明する。

「電気が流れるの？　危なくないですか？」

「いや、電気が流れてるわけじゃないよ。たとえば僕や加ノ原くんが柵に触っても平気なんだ」

冬雪がそう言って柵に触れるが、平気な様子だ。

秀尚も恐る恐る触れるが、確かに何もなかった。

それを中から見ていた餓鬼が「なら、自分も」といった様子で柵に触れたが、またパチパチっと音がして、餓鬼は手を引っ込め、威嚇《いかく》するようにシャーッと吠えた。

「餓鬼の纏う『気』にだけ反応する力が流れてるんだ」

「そうなんだ……」

秀尚がそう言う間も、餓鬼は別の場所ならどうかといろんな場所に触れては、ビリビリの洗礼を受け、そのうち学習したのか檻の真ん中に留まった。

黒い靄の塊のような餓鬼だが、敵意むき出しのぎょろっとした目でこっちを見ていた。

「とりあえずこれで子供たちを外に出してやれますね……」

薄緋が安堵した様子で言う。

「ああ、そうだな。まあ、もう一日様子を見てってことになるが……子供たちは喜ぶだろうよ」

陽炎が返し、

「思った以上に順調に進んでよかった」

と笑う。

「だよねぇ。正直、最初に鶏のから揚げのお皿を置いたところを見た時は『あ、無理』って思ったんだけど」

冬雪がその時には口にしなかった本音を漏らした。

「まあ、結果良ければすべて良し、だ」

満足げに陽炎は言うが、秀尚には一つ気がかりがあった。

「ちょっと聞いていいですか？」

「なんだ？」

「この餓鬼って、これからどうするっていうか、どうなるんですか？」

その問いに、

「本宮に連れていって、消滅処分だな」

事もなげに陽炎は言い、薄緋も頷いた。

聞けば、捕まえた物の怪《もののけ》の類の処理は、基本その場で消滅させるか、本宮で処分らしい。

だが、そういうものだと分かっても、秀尚の中にはわだかまるものがあった。

「餓鬼って、元から餓鬼なんですか？　生まれも育ちも餓鬼っていうか……、稲荷になるために生まれてくる、みたいなのと同じ感じで、餓鬼になるために生まれてくる、的な」

秀尚の外の問いに、冬雪が頭を横に振った。

「ううん、違うよ。そんなサラブレッド的な生まれじゃないね。元は人間。飢《う》えて死んだ者が食への執着を捨てられずに、餓鬼になるんだ。この餓鬼の大きさからすると、子供だね、多分」

その説明を聞いて、

「じゃあ、腹いっぱいにしてやって、食への執着ってのが断ち切れたら、餓鬼じゃなくなるってことはありますか？」

秀尚は続けて問いかけた。

その問いかけに、この後の展開を理解した冬雪は、

「ダメだよ。言いたいことは分かるけど、こんな物の怪になっちゃうくらいの執着っていうのは、ちょっとやそっとじゃなくならない。そもそも、満たされないほどの欲望を抱いた結果がこれなんだから」

いつもソフトな物言いをする彼にしては珍しく、強い口調で言った。

しかし、秀尚は眉根を強く寄せながら、

「じゃあ、俺がここにいる間だけ、処分待ってもらえないですか。……その間になんとかできなかったら、諦める。……こんなに小さいし、餓鬼になった原因が飢えてのことなんだったら、最後にちょっとでもうまいもの、食わせてやりたいんです。お願いします！」

秀尚は深々と頭を下げて頼み込んだ。

「ちょっと、頭上げて。別に、加ノ原くんの気持ちが分からないわけじゃないんだ。でも、小さくても、立派な物の怪なんだよ」

焦った様子で冬雪は言う。その中、

「まあ、いいじゃないか。しばらくの間、風変わりなペットを飼うことになった、とでも思えば」

事のなりゆきを見守っていた陽炎が、秀尚の援護射撃をしてきた。

「陽炎殿、いくら陽炎殿でも」

「まぁまぁ。そもそも加ノ原殿の発案で捕まえられたわけだしな」

冬雪を宥めるように言ってから、陽炎は秀尚に視線を向けた。

「だが、おまえさんにも忠告だ。情が深いのはいいが、無駄に責任を感じるんじゃないぞ。物の怪ってのは、理性や情が通じない状態になっちまった存在なんだからな」

秀尚の思うような結果になることは稀《まれ》なのだと言外に告げて、釘を刺す。

「……うん」

秀尚は頷く。

自分がこの餓鬼を簡単にどうこうしてやれるなどとは思っていない。

ただ、館の子供たちと似た年頃で、飢えて命を落とし、死んだ後もこうして飢えに苛《さいな》まれているのだと思うと、何かをせずにはいられなかったのだ。

「じゃあ、飯を搬入する場所を細工するか」

陽炎はそう言って檻の一部に手をかざすと、小さな扉のついた取り出し口を作った。

「こっから飯を入れてやるといい。さて、俺はもう一働きしてくるか。今夜の肴も期待してるぞ」

陽炎はそう言うと、警備に戻っていった。

「まったくなんだかんだ言って、陽炎殿は優しいんだから」

冬雪は苦笑しつつ言って、僕も行ってくるよ、と外に向かった。

二人を見送り、ふっと見ると薄緋は秀尚を見ていた。

そのまなざしに、

「……ごめんなさい。薄緋さんをそんな姿にしたの、この餓鬼なのに……」

秀尚は謝った。

薄緋にしてみれば、餓鬼に何かをしてやりたいという秀尚の気持ちなど理解できないだろう。

自分が逆の立場なら絶対にそうだ。

何の落ち度もなく襲われ、子供の姿にされ、寿々など危うく命を落としかけたのだ。

それなのに、その犯人を優遇しようとしているなどということになれば、憤《いきどお》らずにいられないだろう。

しかし、薄緋は頭を横に振った。

「加ノ原殿の気持ちがすっきり理解できるかといえば、それは違います。ですが、餓鬼の姿を館の子供たちと重ね合わせて、そうせずにいられなくなったということは、理解していますよ。陽炎殿もおっしゃっていましたが、加ノ原殿は情の深い方ですから」

薄緋はそう言って微笑んだ。

「……ありがとうございます」

礼を言った秀尚に、薄緋は特に返事をせず、

「子供たちの様子を見てきましょう。そろそろおやつ時ですから」

そう言って物置を出る。

秀尚はそれを見送った後、餓鬼に視線を向けると、

「あとで、食べられるもの持ってくるから、大人しく待ってるんだよ」

そう言い置いて、厨房へと向かった。

五

「今日のメニューはハンバーグとポタージュスープ。あと野菜サラダ。野菜も残さず食べるようにね」

　物置に置かれた餓鬼の檻に、秀尚は子供たちに食べさせるものと同じものを準備して入れる。

　餓鬼は最初こそ牙をむき出しにして唸《うな》ったり威嚇したりしていたが、二日もすると唸ること自体は止まらなかったが、威嚇というほどのものではなくなった。

　その様子に、餓鬼の檻を物置から移してみようと言い出したのは薄緋だった。

「子供たちにも『餓鬼』というものがどういうものか教える必要がありますし、加ノ原殿がこれまであまり出入りしなかった物置に頻繁に向かうようになって、子供たちが怪しんでいますからね……」

　どうやら大人の目を盗んで子供たちが物置に入り込む可能性があるらしい。

　特殊な檻なので、子供たちに危害を加えるようなことはできないとは思うものの、威嚇をされれば子供たちは恐怖を覚えるだろうし、万が一のこともあり得る。

それならば、子供たちから見える場所に置いたほうが子供たちと餓鬼、両方の監視もしやすいのでいい、というのが理由だった。

その件についてはすぐに大人稲荷たち――陽炎、冬雪、景仙、珠杏、萩の尾の、日中館へ頻繁に出入りする者たちの間で話し合いがもたれた。

珠杏は、子供たちが物置に出入りできないようにすれば問題ないのでは、と餓鬼を物置の外に出すことは賛成できない様子だった。

何があるか分からない、という点では、とにかく接点を持たせないようにするのが最善策ではあるからだ。

冬雪、景仙、萩の尾も積極的には賛成できない様子で、陽炎は別にどっちでもいい、というスタンスで、

「どうするにせよ、館の責任者は薄緋殿だ。薄緋殿が子供たちの今後のために必要だと思うのなら、餓鬼を子供たちに見せるのもいいだろう。俺は、決定に添って最善と思える策を練る」

と言い、結局、薄緋は餓鬼を子供たちに会わせることにした。

その場所として選ばれたのは厨房だ。

何かと人の出入りの多い場所なので、餓鬼に何かあってもすぐに気づくことができると

いうのが理由だった。

「一番出入りしてんの俺なんですけど？　で、俺が一人しかいないってこともわりと多いんですけど？」

ただの人間である秀尚が一人でいる時に、餓鬼に襲われたらどうしてくれるんだというつもりで言ったのだが、

「大丈夫ですよ……。餓鬼は加ノ原殿のことを『ご飯をくれる相手』と認識しています。黙っていてもご飯を運んでくる相手を襲ったりはしませんから……」

薄緋はいつもどおりしれっと言い、陽炎や冬雪も頷いた。

とはいえ、念のために秀尚に異変があればすぐに駆けつけられるように、厨房に細工はしてくれて、餓鬼の檻は厨房に設えられた一メートル少しある高さの台の上に置かれることになった。

そして、やってきた子供たちと餓鬼との初対面。

子供たちは、やはり怖いものを見るような様子で、遠巻きでしか餓鬼を見ようとはしなかったし、中でも萌黄は険しい顔をしていた。

寿々がさらわれた時のことを思い出してしまうのだろう。

それでも、餓鬼が檻から出てこないことや、檻の中でいつも大人しくしていることから、多少安心できたのか、数日すると一部の子供たちは檻の近くに来るようになった。

とはいえ、台の上に置かれた檻に触れることはできず、見るだけだ。

「がきってくろいね」

「うすあけさま、がきは、みんなくろいんですか？」

ある日の昼食後、餓鬼を見ていた豊峯と浅葱が薄緋に問う。

「黒いと言えば黒いですが、この黒い靄のようなものは瘴気《しょうき》といって、餓鬼が纏う悪い『気』です」

「わるい『き』？」

「ええ。言ってみれば毒のようなものです」

毒、と聞いて二人は慌てて檻から離れる。

「どうしよう、ちかくでいきしちゃった！」

「どく、すっちゃったかも！」

二人は鼻と口を押さえながら言う。

「大丈夫ですよ。瘴気に触れたりしなければ問題ありません」

薄緋が言うと、二人は押さえていた手を放し「よかったー」と声を上げる。

檻の中の餓鬼は二人をぼんやりと見るだけで、特に反応はしなかった。

「……ふたりとも、もういきましょう。きょうは、おそとあそびのひですよ」

そんな二人に声をかけたのは、寿々を入れたスリングをしっかりと抱いた萌黄だ。

やはり、険しい顔をしていた。

「そうですね、明日は雨になりそうですから、二人とも思う存分、今日は外で遊んでくるといいですよ」

薄緋が言うと、

「あめ！」

「じゃあ、きょうはいっぱいあそばなきゃ！　なにする？　たまあそびする？」

アウトドア派の豊峯と浅葱は早速遊びの相談をしながら、戸口へと向かう。

「萌黄、お外で遊ぶなら、すーちゃん、ここで見てようか？」

秀尚が膝を折り、目線を合わせるようにして問うと、萌黄は頭を横に振った。

「ぼくは、すーちゃんといっしょに、おさんぽしてます」

その言葉に、秀尚は萌黄の頭を軽く撫でた。

「そっか、お散歩か。きっと寿々も喜ぶぞ」

そう言ってやると、萌黄はほんの少しだけ嬉しそうにして頷いた。

「すーちゃんのお世話を一生懸命してる萌黄には、特別にこれをやろう」

秀尚はエプロンのポケットから飴玉《あめだま》を一つ取り出した。

仕事の合間の口寂しい時に、秀尚が舐めている飴だ。

袋を剥いて中身を取り出し、

口の前につき出してやると、萌黄は戸惑いがちに口を開けた。

それは、飴を食べるのが嫌だというわけではなく、自分がもらっていいのかと思っているような感じだった。

「はい、あーん」

萌黄の口に飴を入れてやり、

「内緒な。はい、二人とも行っておいで」

秀尚は萌黄と寿々を送り出した。

萌黄は、寿々の世話をすると言ったあの日から、寿々のスリングを自分から下ろすことはない。

薄緋や珠杏が、萌黄自身の心と体に負担がかかりすぎていると判断した時に、何かと理由をつけてスリングを外させて寿々を離させるが、それ以外ではずっと一緒だ。

寿々がいくら赤ちゃん狐に戻っていて、重さもさほどではないといっても、萌黄もまだまだ幼いのだ。

それでもずっと側にいる。

重さだけなら、軽くする札を使うなりできるが心のほうが問題で、それだけ萌黄が負った傷が深いことを思わせた。

「萌黄のことも、何とかしてやんなきゃいけねーんだけどなぁ……」

そうは思うものの、どうしてやればいいのかなど秀尚に分かるわけもなく、

「とりあえず、おやつは萌黄の好きなもの作ってやるか……」

自分にできる唯一の慰めである「おいしいものを食べさせてやる」ことに専念するようにした。


厨房に移動した餓鬼は、驚くほど大人しくなった。

柵に触れると、感電したような刺激があるということをしっかり学習しているので、柵に触れるようなことはなく、そのため檻の真ん中で大人しくしているしかないと思っているだけかもしれないのだが。

「なんか、食べ方、大人しくなったっていうか、行儀《ぎょうぎ》よくなったねー」

いつもの居酒屋タイムで来ていた濱旭が、餓鬼の様子を見て言った。

大人稲荷たちは、餓鬼が厨房に移された夜から、ちょろちょろと食べ物を与えるようになっていた。

餓鬼がねだるというわけではないのだが、自分たちが飲み食いしている様子をじっと見られるのは、多少プレッシャーらしい。

今は、濱旭が与えたみりん干しの魚を食べており、確かに前はガツガツと食べていたの

だが、今は大人しく口に運んでいる。

「あー、そういえば三度の飯の時もそうかも……」

普段、子供たちと同じ時間に食事をさせていて、最初は咀嚼《そしゃく》する音や食器の鳴る音などがうるさかったが、最近は気にならなくなっていた。

もしかしたら、餓鬼が立てる音に慣れてしまって気にならなくなった、という可能性もあるのだが、濱旭の指摘を考えると、食べ方が変わったのかもしれない。

「ふむ……」

濱旭と秀尚の話を聞いていた陽炎は、何か考えるような顔をして檻の中の餓鬼を見た。

「もしかしたら、イケるかもしれないな……」

何が「イケる」のかさっぱり分からないが、陽炎はそう呟くと立ち上がり、檻に近づいた。そして、檻の前で片方の手のひらを餓鬼のほうに向けて伸ばし、すうっと息を吸った次の瞬間、餓鬼に向けられていた手のひらから、らせん状に渦巻く光と「圧」と表現するしかない何かが放たれた。

「え……」

その瞬間、餓鬼が纏っていた瘴気の一部が霧散した。

まだらに瘴気が残っているものの、これまで黒い靄で全身が覆われて詳細の分からなかった餓鬼の姿が、露わになった。

粗末と言っていい着物に、ばさばさの髪、目は相変わらずぎょろっとしていて体も痩せぎすな感じだが、人の子供っぽい姿になっていた。

「まさか、本当に浄化《じょうか》されるとはねぇ……」

こうなることを多少予期して力を放ったはずの陽炎も、驚いた様子で餓鬼の姿をまじまじと見つめた。濱旭や時雨、冬雪、景仙、そして薄緋も信じられない、といった様子だ。

「うっそ……」

「ちょっと普通じゃあり得ないよね？」

濱旭が呟くのに、冬雪も茫然とした様子で言う。

「そりゃ、秀ちゃんのご飯、おいしいから毎日三食食べさせてもらってればちょっとは、ねぇ？」

時雨は、さもありなん、といった感じだが、それでもここまでとは、といった面持ちだ。

「っていうか、俺がどうこうっていうんじゃなく、ここで使う食材がいいから……。なんて言うの？　素材に含まれる『気』がいいんだと思います。それを食べてるから、中から浄化されたとか、そういうんじゃないのかな……」

そう考えたほうが妥当に思えて秀尚は言うが、

「大将のそういう謙虚《けんきょ》なとこ、ホントすごいよね」

濱旭が感心したように言い、他の稲荷たちも頷いた。

「謙虚っていうか、本当に俺の手柄とかじゃないし……」

秀尚はそう言ってから、

「もし、このままご飯を食べさせ続けたら、そのうち『脱・餓鬼』みたいなことって、あったりしないんですか?」

可能性を聞いてみた。

「そりゃ、どうだろうなぁ……」

陽炎は首を傾げ、

「餓鬼の程度の軽いほうに行くというか、餓鬼としての力が弱まっていくことはあるかもしれませんが、元の人間の魂に戻るというのはかなり難しいのではと思います」

景仙が見解を述べた。

「そうだね。飢えて死んだ者が全員、餓鬼になるかっていえばそうじゃないだろう? けど人の範疇《はんちゅう》を超えて餓鬼になったっていうのはよほどの執念があったってことだから」

冬雪も望みは薄いということを言外に匂わせてきた。

「じゃあ……、やっぱり……」

消滅処分になってしまうのだろうかと思っていると、

「とはいっても、この姿を見ちゃうと消滅処分に連れてくっていうのも気が引けちゃうよね」

冬雪が言い、それに時雨も頷いて、

「それもそうよね」

言いながらコロッケの載った取り分け皿を手に立ち上がり、餓鬼の檻に近づくと、箸でコロッケを掴んで、柵の隙間から餓鬼へと差し入れた。

「はい、サツマイモとカボチャのコロッケ。ほくほくでおいしいわよ。召し上がれ」

差し入れられたコロッケを餓鬼は柵に触れないように器用に受け取り、口に運ぶ。

表情は変わらないが、纏っていた瘴気が少なくなった分、食べている様子が分かり、どことなく喜んでいるように見えた。

「まあ、とりあえず、最初の予定どおり、おまえさんが帰るまでは様子を見続けよう。後のことは、その時の様子次第で考えようじゃないか」

陽炎が結論先延ばし作戦を堂々と口にする。

とはいえ、他の稲荷たちも妙案があるわけではないので、

「そうだね、そういうことで」

「うん、まだ時間あるしね」

と、陽炎の言葉に乗っかった。

「まあ、ちょっとめでたいってことで、大吟醸《だいぎんじょう》開けるか？」

陽炎はそう言って棚に置かれている酒瓶を指差す。

「えぇー、ちょっとそれは早くない？　今日は吟醸酒でいいじゃない」

時雨が言うのに、薄緋も頷き、

「そうですよ。まだ私が飲めないんですから。大吟醸はお預けです」

そう言って湯呑のお茶を飲み、大吟醸を却下された陽炎は吟醸酒の酒瓶を冷蔵庫から取り出すと、まあこれもいい酒だからな、と自分のコップに注いで飲み始めた。

◆◇◆

翌朝の朝食の時間、厨房にやってきた子供たちは、姿の変わっている檻の中の餓鬼の姿に驚いた。

「くろいの、へってる」

「ほんとだ、すくなくなってる！」

子供たちはこれまでよりも檻の近くまで来て、餓鬼を見る。

瘴気の大半がはがれた餓鬼は、これまでよりも一回りほど小さく見え、自分たちと同じくらいの年だということがはっきり分かったことで、少し親近感が湧いた様子だ。

「おりから、だしたらだめなの？」

そう聞いたのは実藤だ。

「そうですね。檻の中にいるから安全なだけかもしれませんからね」

珠杏がやんわりとできない、と返す。

「ちょっととかでも、だめ？」

「ほんとうにすこしだけとかでも？」

殊尋と浅葱も続けて問う。

自分たちと似た年頃に見える餓鬼が檻の中に閉じ込められている姿に、いろいろと感じるところがある様子だ。

「危ないかもしれませんからね」

そう言ったのは今日は本宮の厨の仕事が非番で、朝食から手伝いに来てくれていた萩の尾だ。

「でも……」

そう言われても納得できず、食い下がろうとしたところで、

「このこが、うすあけさまやすーちゃんを、ちっちゃくしちゃったんですよ！」

そう声を上げたのは萌黄だった。

涙目で、スリングの中の寿々を守るようにぎゅっと腕に抱いていた。

寿々の世話をずっとしている萌黄は、餓鬼の姿が多少変わったからといって、その存在は受け入れがたい様子だ。

そして萌黄の言葉で、それまで騒いでいた子供たちも薄緋と寿々の身に起きたことを思い出して、しゅんとした。

その様子に秀尚が何か言わないと、と思った時、

「似た年頃の餓鬼を憐《あわ》れに思う皆の気持ちも、私たちのことを思ってくれている萌黄の気持ちもよく分かります」

そう言ったのは薄緋だった。

薄緋はそっと萌黄に近づくと、

「どちらが正しく、どちらが間違っているということもないのですよ」

萌黄の頭を優しくぽんぽんと撫でるようにして触れる。

「……っ……す……ぁけ……、さ……」

涙目だった萌黄の涙腺はあっという間に決壊し、大粒の涙を零して、自分よりも小さくなったままの薄緋に抱きついて泣く。

その萌黄の背中を、小さな手で薄緋は宥めるようにぽんぽんと叩く。

二人の様子に、他の子供たちは沈んだ顔になり、特に浅葱は双子の萌黄の号泣に、今にも泣き出しそうだった。

──あー、連鎖反応で号泣祭りになる前になんとかしないと……。

そう思った秀尚は、パンパン、と軽く手を叩くと、

「みんな、まずは朝飯にしよう！　ポタージュスープが冷めちゃうからな」

強引に朝食に持ち込んだ。

朝食は、和食と洋食が大体交互だ。

今日は洋食の日で、メニューは子供たちの大好きなコーンクリームのポタージュスープと焼き立てパン──これはコンロとして力を貸してくれている竈《かまど》の神様に「常に一定温度を保って焼くことってできます？」と相談し、彼がいろいろ試行錯誤してくれた結果、フライパンでもオーブンのようにパンを焼くことができるようになった──に、スクランブルエッグとサラダという定番のセットだ。

秀尚が促したことで、子供たちはまだいろいろなことが気になりながらも奥の部屋へと移動する。

萌黄も泣きながらだが、薄緋に誘導されて奥の部屋に向かった。

萌黄の食事の間は寿々も食事タイムで、授乳だ。

「すーちゃんもご飯にしようなー」

萌黄から寿々を預かった秀尚は、すっかり慣れた手つきで寿々に哺乳瓶でミルクを与える。

流苑からは三時間から四時間に一度の授乳と言われていたが、一度に飲む量が多いので、そこまで頻繁に与えずともよかったのは嬉しい誤算だ。

おかげで夜は朝まで、授乳で起こされることもなく、眠れている。

むしろ眠らせてくれないのは、相変わらず秀尚の布団にいつの間にか潜り込んでくる子供たちだ。

この時期特有の、もっふもふの冬毛のおかげで布団の中が温かすぎて、目が覚めることがよくある。

「いっぱい飲むいい子だなー」

用意したミルクを寿々が飲み干した後は、げっぷをさせて、それから排泄の時間だ。

自力での排泄がまだ無理なので、食事後は濡らした脱脂綿などを肛門に当てて刺激して排泄を促してやる必要があるのだ。

すぐに綺麗にしてやれるように、それらは洗面所で行う。

そして、洗って濡れた下半身もドライヤーを使ってちゃんと乾かしてやり、厨房に戻る頃には子供たちも食べ終えている。

そこで寿々の世話は再び萌黄と交代だ。

「はーい、すーちゃん、萌黄に抱っこしてもらいな」

そう言って、萌黄のスリングの中に寿々を入れる。

寿々は安心しきった顔でスリングの中に落ち着くと、スヤスヤと眠り始めた。

「すーちゃんは萌黄に抱っこされるの好きみたいだな」

秀尚が言うと、萌黄は少し嬉しそうに笑う。

「さ、みんな一休みしたらお部屋のお掃除ですよ」

珠杏が子供たちに声をかけ、部屋へと戻っていく。

それを見送ってから秀尚は手早く自分の朝食をすませ、それから萩の尾と共に朝食の後片づけだ。

「そういえば食事の時に子供たちが『ふれんちとーすと』というものが、とてもおいしいと話していたのですが、それはどのようなものでしょうか？」

洗い物をしながら萩の尾が聞いてくる。

「えーっと、パンを、砂糖と牛乳を入れて作った卵液に浸して、それをたっぷりのバターを溶かしたフライパンで焼くんです。朝食に食べる人もいるけど、俺の感覚だとお菓子かなぁ」

「パンは食パンですか？」

「食パンの時もあるし、フランスパンっていう固めのパンを使う時もありますよ。俺が家で作ってた時は、ちょっと日にちが経って固くなっちゃったパンを食べるためにってことが多かったかな」

説明を聞く萩の尾の様子を見ていると「どんなものか食べてみたい」と思っているのが簡単に察せられた。

「そうですね、朝飯に焼いたパン、残ってるからそれで作ってみましょうか？　今からだと昼飯に間に合うと思うから、俺たちの昼飯それにして……」

秀尚が提案すると、萩の尾は「ぜひ！」と即答してきた。

それで焼いたパンの数を確認すると二人で食べるには少し多かったので、

「薄緋さんもフレンチトーストどうですか？」

声をかけながら薄緋を見ると、薄緋は餓鬼の檻の前でじっとたたずんでいた。

「薄緋さん……？」

薄緋の様子が気がかりで、再度声をかけながら近づくと、ようやく気づいて秀尚を振り返った。

「ああ、加ノ原殿。何か？」

「えーっと、俺と萩の尾さん、昼食に残ったパンでフレンチトースト作って食べようかって話してたんですけど、薄緋さんはどうですか？」

改めて聞くと、薄緋は微笑んだ。

「ありがとうございます。魅力的なお誘いですが、私は子供たちと一緒に食べますから、私だけ別のものを食べては子供たちが……」

「あー、そうですね。子供たち全員に行き渡る分は無理だなぁ……。じゃあ、薄緋さんの分は子供たちと同じの準備しますね」

「お願いします」

そう言った薄緋に、分かりました、と返してから、

「餓鬼、どうかしたんですか？　じっと見てましたけど」

と、聞いてみた。

先の餓鬼を見ていた様子が、気になったのだ。

秀尚に聞かれ、薄緋は少し間を置いてから、

「……餓鬼になった者には、餓鬼になってしまった理由というものが存在するのでしょう。その理由がどうであれ、私たちを含め、他の者に害をなしたという事実が変わるわけではありませんが……複雑なところだと思っていたんですよ」

静かな声でそう言った。

「薄緋さんでも、迷うっていうか、そんな気持ちになるんですね」

意外に感じて秀尚が言うと、薄緋はふっと笑った。

「もっと割り切っていると思いましたか？」

「そうですね。みんな俺より長生きでいろんな経験してるから、ある程度はっていうか……。陽炎さんだって、普段はとんでもないことしでかしそうな危うさがありますけど、

なんかすごい深いこと言う時もあるし……」

餓鬼を捕まえるための落とし穴を嬉々として掘っていたり、子供たちと遊ぶ時は同レベルで遊んでいたりする。

そんな陽炎がたまに発する一言が、妙に重く、こちらの奥深くを突いてくることがあり、考えさせられるのだ。

「陽炎殿は昔から、些細《ささい》なことにでも楽しみを見出《みいだ》す方でしたから。それなりにいろいろな経験をしてきているのですが……おそらく持って生まれた性質でしょうね」

そう言う薄緋に、

「俺、神様っていうか……実際にはみんなは神様って呼ばれる存在じゃないのかもしれないけど、そういう人たちってある程度、割り切りいいんだろうなって思ってました。けどなんていうか、餓鬼ってよくない存在だから、消滅処分しちゃうのが普通で、それは今のこいつでも変わってないんですよね？」

秀尚が問う。それに薄緋は頷いた。

「そうですね……。纏う瘴気が減ったとはいえ、餓鬼は餓鬼。害をなすものですから……」

「そう分かってても、今みたいに餓鬼のことで悩むっていうか……ちょっと考えたりしてくれる人たちが、俺らのこと見ててくれてんのかなーって思うと、嬉しいです」

進むべき正しい道を逸れてしまう人も多いだろう。

それを悩んだ時に、その悩みを頭ごなしに叱《しか》り飛ばされればきっと反発してしまうだろう。

だが、もし、その悩みに寄り添い、正しい道に近づくために導《みちび》いてもらえたなら、と思う。

それはただの「甘え」かもしれないが、もし彼らがそういう存在なら嬉しいなと思うのだ。

秀尚の言葉に薄緋は微笑み、

「……陽炎殿に、今の言葉を伝えると喜ぶでしょう……が、調子に乗りそうなので、黙っておきましょう」

さらりと言った。

その言葉に、調子に乗った陽炎の姿が簡単に想像できて、

「そうですね」

秀尚が同意したところで、片づけをしながら聞いていた萩の尾が堪え切れずに噴き出したのだった。

◆◇◆

その夜の居酒屋タイムに来ていたのは、陽炎、冬雪、時雨、景仙の四人に、薄緋を入れた五人だった。常連の一人であり、人界ではパソコン関係のテクニカルサポートの仕事をしている濱旭は、

『行く気満々だったけど、システムバグが直んない……』

というメッセージと共に涙の池に沈む狐のイラストスタンプを、時雨の携帯電話に送ってきたらしい。

「まだあの子の場合、疲れ切ったら本宮に戻って一日眠れば復活するけど、同僚の普通の子たちはそういうわけにもいかないから。あの業界は本当に疲弊しきっちゃう子、多いのよねぇ」

悩ましい、といった感じで時雨は告げる。

「別宮並みの忙しさだな。景仙殿、奥方はどうだ?」

陽炎が景仙に話を振る。

「以前ほど、泊まり込みになることはありませんね。別宮の長殿は子育てを終えてからは仕事一筋といった様子で、子育て中の稲荷に手厚い分、他の稲荷たちが支えるという感じ

でしたが……最近は長殿が積極的に休みを取ったほうが効率がいいと判断されたようで」

景仙が返す。

「女の子なのに会社っていうか仕事現場に泊まり込みになるんですか？」

秀尚は三枚におろした鯵《あじ》の切り身を細かく刻みながら問う。

「職場は男も女も関係ありませんので……」

「本宮も別宮も、二十四時間稼働なのよ。だから夜勤の稲荷もいるし、シフトによっては泊まり込みになる稲荷もいるわね」

景仙に続いて時雨が言う。

「わ、思ったより激務」

「特に別宮は、だな。本宮の場合、職場と私室は同じ本宮内にある別棟で、渡り廊下で行き来ができるが、別宮はそうじゃなくてね」

陽炎の言葉に、秀尚は単純に私室を作れる場所がないだけだと判断したのだが、他の稲荷たちが苦笑いしていて、何か事情がありそうなのが分かる。

「なんで、部屋を持たないんですか？」

気になったので、秀尚は聞いてみた。

「理由としちゃ、職場に近いところに家を持つと何かあった時に呼び出されやすいってことだな。すぐに帰って休める利点はあるが、休んでてもいつ呼び出されるかってリスクがある」

笑いながら陽炎が言うのに、

「まあ、家にいても呼び出される時は呼び出されますよ」

景仙は苦笑しつつ言った。

「『社畜の宮』とはよく言ったものよね」

時雨が言うのに、

「でも、みんな生き生き働いてるよね。激務のわりに」

冬雪が返した。

「そりゃ、長殿がちゃんとしてるもの。それに、七尾以上の稲荷ばっかりで能力に偏《かたよ》りがないから、大抵のことが円滑に進むみたい。もちろんその分、難しい仕事を任されてるわけだけど」

時雨の言葉に、

「エリート集団なんだ……。はい、鯵のなめろうどうぞー」

秀尚はそう言いながら、さっき刻んでいた鯵をなめろうに仕上げたものを、小鉢で順番に出していく。

「お、味噌《みそ》じゃないな」

一口食べた陽炎がすぐに気づいて言う。

なめろうは刻んだ魚を味噌で和《あ》えるのが一般的だ。

「今日は、味噌の代わりに塩麹《しおこうじ》を使ってます。萩の尾さんが本宮の厨で使ってる塩麹を持ってきてくれたんで」

説明すると納得したように冬雪は頷いた。

「なるほどね。さっぱりしてて、これもおいしいね」

「冷もいいけど、熱燗《あつかん》でやってみたいわ」

時雨は言うと、薄緋を抱いて立ち上がってからイスに座り直させ、自分は徳利《とっくり》に酒を注いで燗酒《かんざけ》の準備を始める。

「あ、俺ももらえるか」

陽炎がリクエストすると、

「いいわよ、ついでだもの。他には？」

問うと、全員が手を上げたが、

「薄緋殿はダメよ？」

しれっと手を上げていた薄緋に、時雨はアウトを言い渡す。

「気づかれましたか。中身は大人なのですが」

「外側が子供なのが問題だからねぇ」

冬雪が苦笑する。

「致し方ありませんね……」

薄緋はそう言って手を下ろした後、

「そうそう、実は餓鬼のことなのですが……」

注目が自分に集まったのを機会だと捉えたのか、そう切り出した。

「何かあったか？」

陽炎はそう言って餓鬼に目をやるが、昨日と何も変わっていないのを確認した。

「特に異変はなさそうだが」

「ええ……。餓鬼に変化はありません。ただ、子供たちが餓鬼を檻の外に出すことはできないのかと言っていて……」

薄緋の言葉に、稲荷たちは全員、難しそうな顔をした。

「外へ、か……。今は大人しくしてるけど、それは柵に触れると痛いって分かってのことかもしれないからねぇ」

冬雪が言う。

「外に出して、子供たちに襲いかかったらマズいわよね。それに、よっぽどのことが起きない限りは消滅処分にせざるを得ないわけだし……、子供たちにヘタに情が移ったら余計に悲しい思いをさせちゃうんじゃない？」

思案げに言う時雨に続いて、

「子供たちには、あんまり悲しい思いをさせたくはないと思うんだがな」

陽炎も外に出すことはあまり乗り気ではない様子だ。

「さりとて『悲しい』思いをして、その感情を知り、乗り越え方を知る、という経験も必要ではあると思いますが……」

そう言った景仙の言葉に、様々な経験が大事だということを知っている全員が、それもあるなといった様子で頷く。

餓鬼が問題を起こすかもしれないという懸念《けねん》と、子供たちの心情を想っての懸念、その両方があるのならば出さないほうがいいという結論にすぐに達しそうなものだ。

だが、すぐに判断を下さないというのは、今回起きるいろいろなことをすべて「経験」させてあげたいと考えているからなのだろうかと、秀尚は次の調理にかかりながら考える。

「薄緋殿はどうなの？　子供たちと一番長く側で接してるし、今回の被害者の一人でもあるわけじゃない？　前に陽炎殿も言ってたけど、薄緋殿がしたいようにするのが一番いいような気がするわ」

時雨にそう言われ、薄緋はいくばくか間を置いた後、

「非常に悩ましいところなのですが……子供たちに害をなさないようにさせることができるのであれば、外に出すことを試してみても、と思っています」

考えを口にしたが、積極的にというよりも「安全確保を優先」といった様子が強く感じ

られた。

「薄緋殿にそう思わせる何かがあったのかな?」

冬雪が問うのに、

「餓鬼が……これまでは瘴気が強すぎて気づかなかっただけかもしれませんが、子供たちが食べる様子を、自分が食べる手を止めて見ていましたので……」

薄緋が今朝あったということを話す。

「そんなことあったんですね……。俺、気づかなかった」

秀尚が呟くと、

「加ノ原殿は寿々を連れて厨を出ておいででしたので。……ただ、餓鬼が食事の手を止める、ということが信じられず……」

薄緋がそう返した。

「確かにそうですね。餓鬼というのは飢えているから文字どおりの『餓える鬼』なわけですから、食べ物を食べ終える前に手を止めるというのは……」

景仙もにわかには信じられないといった様子で言う。

「私も、そのようなことがあり得るのかと……。それで昼食や夕食の時にも気にかけていたのですが、同じようなことが見受けられましたので、餓鬼のほうに何か思うところがあるのでは、と感じるのです」

薄緋の言葉に全員が腕組みをしてシンキングタイムに入る。

「安全を確保、かぁ。なかなか難しい話だね。どういう事態が起きるかの想定ができないっていうか……」

「そうよね。餓鬼とか、いわゆる『害鬼《がいき》』が現れたら即確保、隔離《かくり》、処分って流れでこれまでやってきたもの。それに、ご飯になる子供たちを目の前にしたら速攻で襲いかかるっていうのが、一番想像しやすいパターンよね」

冬雪と時雨が言うのに、

「犬とかだったら、襲いかからないように飼い主が首輪とリードで制限かけるけど、餓鬼に首輪っていうのは……」

人間界で言う『猛獣注意』のステッカー的なものだろうと思って言った秀尚の言葉に、

「それだ！」

陽炎が目を見開いて声を上げた。

「は？　それって？」

今の秀尚の発言のどこに『それ』要素があったのかさっぱりだが、陽炎は、

「餓鬼に、呪符《じゅふ》を仕込んだ首輪をつけよう。子供たちに襲いかかるようなそぶりを見せたら行動制限ができるような」

そんなことを言い出した。

「簡単に言ってるけど、そんなの誰も作ったことないんだから、呪符を一から作ることになるんだよ？」

冬雪が困難そうだと言外に滲《にじ》ませる。

「どういったことに反応させるのか、細かに考えねばなりませんから、術の構成がかなり難しいのではないでしょうか」

景仙が言うのに、

「そう、俺たちには難しいだろうな。ただ七尾や八尾にはたやすいとまでは言わんが、さほどの困難ではないんじゃないか？」

ものすごくいい笑顔で陽炎が言うのに、全員が察した。

この中に七尾、八尾の稲荷はいない。

薄緋は四尾だが、餓鬼に妖力を吸われて一時的に一尾だし、時雨も五尾、本日欠席の常連の濱旭は四尾、そして冬雪、景仙、陽炎が六尾だ。

ここにいない七尾、八尾に作成してもらうことを想定しているとなると、そんな依頼ができるほどの関係の七尾以上と知り合いであるか、または懇意にしている者を通じて頼む、ということだろう。

そして、この中にそれが可能な者がいる。

景仙だ。

妻が七尾以上が務める別宮勤務なので、正確な尾の数を秀尚は知らないが、最低でも七尾あることは確実だ。

「香耀殿に頼んでもらえんか?」

陽炎が、まったく予想どおりの言葉を口にして、

「やはりそう来ましたか……」

景仙は諦め半分といった様子で返す。

「いや、もちろんタダでとは言わん。できることがあればするし、別宮が激務なのは知ってるから、無理にとも言わん。ただ、手伝いを頼めればと思うんだ。一応、念のため、さらっとねじ込んでもらえんか」

陽炎が頼み込む。

「陽炎殿、いろいろ言葉が矛盾してますよ……」

薄緋が突っ込むのに、景仙は一つ息を吐くと、

「一応、聞くだけは聞いてみましょうか……。色よい返事があるかどうかは分かりませんが」

景仙はなりゆき上仕方がない、という様子を見せながらも承諾する。

「まあ、香耀殿、ああ見えてはっきりしてるから、断る時は『えー、ごめんなさい。無理です』ってさっぱりと断ってくれるから、こっちとしても気持ちはいいわよね」

時雨はそう言って湯に浸けていた徳利を取り出し、それぞれの前に置いていく。

「この話の中でも時雨殿、燗の温度、ちゃんと見てたんだね。ちょうどいいよ」

早速一口飲んだ冬雪が、さすがという感情と、残念というほどではないが片手間に話をしてたのかというような微妙な感情を滲ませて言うと、

「さすがは時雨殿だ。俺はすっかり燗を頼んでいたことを忘れてたな」

陽炎は素直に称賛《しょうさん》する。

「なんか、冬雪殿の言い方が引っかかるけど、まあいいわ。……うん、やっぱりこの時期、熱燗よねぇ」

時雨が言うと、

「とはいえ、あわいの地は人界ほど気温の変化はありませんけれど……」

飲めない薄緋は、やはりしれっと言うのだった。

六

「よし、これでいいだろう」

数日後、でき上がった呪符の仕込まれた首輪を餓鬼につけた陽炎が満足そうに言う。

「陽炎殿、満足そうですが今回はあなた、何もしていませんからね？」

容赦なく突っ込むのは薄緋だ。

あの翌日の居酒屋タイムに、景仙は非常に申し訳なさそうな顔で厨房にやってきた。

その顔だけで「あ、無理だったんだな」と察した一同だったのだが、景仙が言ったのは全員が察した内容とは違っていた。

「その……非常に言いづらいのですが、妻が言うには『無理じゃないけど無理って感じなの』だそうで」

「うん？　矛盾して聞こえるんだけど、気のせいかな？」

冬雪が即座に突っ込んだ。

「いえ、矛盾しています……。別宮が激務であることは、皆さんご存じかと思います。そのため、本来の仕事ではないことに取りかかるには、仕事以外の時間、つまりは休みの日や休憩時間を使う必要がありまして……対価を望めないかと」

「対価？　値が張るものなの？　言ってご覧なさいよ、みんなでカンパするわよ」

時雨が言うのに、景仙はものすごく、本当にものすごく申し訳なさの極みのような顔で秀尚を見た。

「以前、鮭を土産にお持ちした際、その鮭を使った料理を持ち帰り用に作っていただいたことがあるのを覚えておいででしょうか」

「あー、はい。その節は丁寧なお礼状までいただきまして」

居酒屋が耐震工事に入る前に、出張で北海道に出かけた香耀から土産にと、もらった鮭で、鮭づくしの料理を詰めた折り箱を持って帰ってもらったことがあった。

数日後に、美しい和紙に『めちゃくちゃおいしかった』的なことが達筆で書かれた丁寧な礼状をもらった。

「それで……その、大変言いづらいのですが、対価として加ノ原殿に『女子会仕様の御《お》重《じゅう》』を作ってもらえないかと」

景仙の言葉に稲荷たちは「あー……」と、理解できる、といった旨のため息をそれぞれについた。

「秀ちゃんのご飯、おいしいもの……」

「香耀殿の気持ち、分かる」

　時雨と陽炎が納得した様子で言う。

「弱みを握るというか、つけ込むような頼みごとで申し訳ないのですが……」

　そのまま土下座でもしかねない様子の景仙に、

「あー、別に料理作るのは全然かまわないです。むしろそれで請け負ってくれるなら安いっていうか……言ってくれればいつでも作るのに」

　もっとすごいことを対価として求めてきたのかと思っていた秀尚は、拍子抜けして返した。

「いやいや、おまえさんの料理はもう少し出し惜しみしたほうがいい。こっちの大事な隠し玉だ」

「そうね、重要な戦力だわ」

　真面目な顔をして陽炎と時雨が言う。

「そう言われて悪い気はしないっていうか、嬉しいけど、加ノ屋に来てくれたら昼のランチ千円で出してますからね？」

　まったく隠し玉になっていないことを告げてから、秀尚は景仙を見た。

「えっと、女子会仕様ってことは何人か分ってことですよね？　大体何人分で準備したらいいですか？」

「これも言いづらいのですが『用意された量で協力する人数が決まる』そうで……人数が多ければその分、仕上がりが早いと申しますか……」

景仙の言葉に秀尚は少し考える。

「だからって十人分作ったところで、人数が多ければ多いほどいいってわけでもなさそうな気もするんですけど」

秀尚の言葉を受けて、

「そうねぇ……、香耀殿の交友関係を考えると協力に乗り出してきそうなのは、流苑殿でしょ、それから彩月《あやつき》殿、伊吹《いぶき》殿と…運が良ければ御大《おんたい》が出てくるかしら」

時雨が指折り数える。

「じゃあ、四、五人分で準備しようかな」

特に気負うことなく、秀尚は決める。

その後で細かい部分——和風がいいのか洋風がいいのか、それとも和洋折衷《わようせっちゅう》なのか、酒を飲むのがメインの会になるのか、それとも軽食メインなのか、スイーツ多めがいいのかなど——を景仙に確認してもらい、大きめの三段重二つにリクエストの「洋風で、軽食とお酒のつまみを半々、スイーツも少し」を詰め込んで香耀へ届けてもらったのが三日前だ。

そしてでき上がった首輪を景仙が持ってきてくれたのが、たった今。

「それにしても、すごく精工《せいこう》にできてる呪符だよね。七尾、八尾の本気を見たって感じかな」

冬雪が首輪に構成されている呪符の力を感じながら言う。

「それも、短期間でな。よっぽどおまえさんの料理を気に入ったらしい」

陽炎が言うのに合わせて、景仙は深く頷いた。

「とても楽しい会になったと喜んでおりました。今日もまだ上機嫌です」

「だったら、よかったです」

料理を褒《ほ》められて、秀尚は素直に喜ぶ。

首輪――と言っても、別宮女子チームが全力で作ったそれは首輪というよりもデザイン性の高いチョーカーといった見た目――をつけられた餓鬼は、最初は首に何かがつけられているということに違和感を覚えるのか、気にして手で触っていたが、すぐに慣れたように見えた。

「昼食の時に、檻から出して子供たちと会わせましょう。昼からは萩の尾殿もおいでですし、呪符の力を信頼していないわけではありませんが、不測の事態があっても萩の尾殿に珠杏殿、陽炎殿がおいでであれば、大事にはならないでしょうから」

薄緋が予定を口にする。

今日は特別に監視のために非番の陽炎がつきっきりでいてくれるらしい。

珠杏や萩の尾も四尾の稲荷で、薄緋と寿々の時のように時空の裂け目に連れ込まれたのでなければ餓鬼の制圧はできるが、荒事に慣れているというわけではないので、陽炎がいたほうがいいという判断だ。

そして昼食時、餓鬼が檻から出された。

食事にやってきた子供たちは、檻から出されている餓鬼を見て歓声を上げた。

「わぁ……おそとにでてる！」

「ほんとだ……！」

むしろ子供たちの勢いに餓鬼がたじろいでいるように見えたのだが、はしゃぐ子供たちの中、唯一萌黄だけが納得のできない顔をしていた。

そして、秀尚と目が合った瞬間、萌黄は顔を歪めて、スリングの中の寿々をギュッと抱くと廊下へと飛び出していってしまった。

「萌黄！」

秀尚は咄嗟に萌黄を追いかけて廊下に出た。

そして走っていく萌黄を廊下の途中で捕まえた。

「萌黄、待って、待って」

腕を掴んで声をかけると、萌黄は、

「かの……さ……っ」

言うなり、両方の目から一気に涙を溢れさせ、そのまま声を上げて泣き出した。

「うん、分かってる。分かってるから」

ちょっと部屋へ行こうか、と声をかけ、秀尚は寿々ごと萌黄を抱いて、自分が借りている客間へと連れていった。

毎日、寿々の世話をしながら自分を責め、餓鬼を見るたびに言いようのない気持ちになっていたのだろう。

それでも我慢をして、いろいろな感情を溜め込んで。

——この小さな体で抱え込むには、限界すぎるよな……。

膝の上に萌黄を抱っこして思う存分、泣かせてやる。

そして、少し落ち着いたのを見計らってから、声をかけた。

「萌黄が泣いてるのは、すーちゃんが可哀想って思うからかな?」

秀尚のその問いに、萌黄はこくんと頷いてから、

「で……も、それだけ……っ……じゃ、な……って」

「そっか。寿々が可哀想ってだけじゃなくて、他にもいろいろあるんだ?　たとえばどんなことがあるんだろ?」

話しやすいように誘導する。

それに萌黄はしゃくり上げて、つっかえつっかえしながらも言った。

餓鬼を許せないという気持ちがあること。

でも、自分たちと似たような大きさの子が檻の中に閉じ込められているのを見て、外に出してあげたいと思うみんなの気持ちも分かるし、もし自分が檻の中にずっと閉じ込められていたらつらいと感じるだろうと思うこと。

「……でも、すーちゃっ……や、ぅす……、うすぁけ……さま……、こと、かんがえ……っ……、がき……、ゆるせなぃ……ておもっ……」

「うん、そうだな」

相反する感情がとめどなく溢れて、処理ができなくて。

それをずっと、押し殺していたのだろう。

だが秀尚には、萌黄にかけてやれる言葉が見つけられなかった。

何を言っても空々《そらぞら》しくなってしまいそうで、そんな言葉を口にすれば、かえって萌黄を傷つけてしまいそうな気がした。

だから今はただ、側にいてやることしかできないと思った。

そんな秀尚の様子から何かを感じたのか、しゃくり上げるのが収まってきた萌黄は、ぽつりぽつりとまた話し出す。

「いつも……うすあけさまも、かぎろいさまも、とうせつさまも……ほかのおとなのひとも、わるいことをしたら『ごめんなさい』ってあやまって、ちゃんと『ごめんなさい』をいわれたら、ゆるしてあげなさいって」

「うん」

「でも……ぼくは、もしがきがあやまっても、ゆるせないかもしれないんです……。あやまっても、ゆるせないっておもっちゃうぼくは、きっとわるいこなんです……」

萌黄の言葉に、秀尚は、ああ、と胸の内で嘆息する。

優しい子だからこそ、優しくありたいと思うからこそ、傷ついて悩んで自分を責めてしまうのだろう。

そんな萌黄に、何をどう言ってやればいいのだろう。

自分が感じていることを伝えるのは、この先、稲荷として成長する萌黄の邪魔になるかもしれないとも思うが。

――いや、俺にそこまでの影響力ねぇな。

あっさりそう結論づけて、秀尚は口を開いた。

「萌黄、ちょっと前に薄緋さんが、餓鬼を外に出してやりたいってみんなが言って、萌黄が反対した時に、どっちが悪くて、どっちが正しいってわけじゃないって、言ったの覚えてる？」

秀尚の問いに、萌黄は頷いた。

「萌黄が『許してあげなきゃ』って思う気持ちも、『許せない』って思う気持ちも、どっちも正しいんだと俺は思う。それが萌黄の『今の本当の気持ち』だから。謝られたら許してやるっていうのは、いいことだと思う。思うけど、でも、そうできない時もあるよ」

押しつけがましくならないように、秀尚は軽い口調で話す。

萌黄はしばらく黙って考えた後、

「……かのさんでも、そういうことがありますか？」

そう聞いてきた。

それに秀尚は笑って頷いた。

「あるある。今までだっていっぱいあったし、今でもあれだけは許せねぇって思って許してないこともあるし。多分これからもいっぱいそういうことはあると思うけど……いつか、全部許せるようになればいいな、とは思う」

反省している、悔《く》いている。

そう言われても、態度で示されても、どうにもできないことはある。

「……許すってことは、相手がしたことがどうこうってことも、もちろんあるんだけど、その時に腹が立ったり、悲しかったり、つらかったりしたことを、自分が乗り越えられた時にできることだと思うから」

「かなしいことを、のりこえる……」

萌黄は呟いた後、小さな声で「むずかしいです」と続ける。

「うん、難しいよな」

秀尚は同意する。

以前、八木原にレシピを盗まれて腹が立ったことは事実だ。

祖父母との思い出を踏みにじられたような気がして、つらかったのだ。

けれど——八木原に謝られた時、自分でも驚くくらい「もういい」と思えた。

——それは秀ちゃんが、もう当時とは別次元にいるからよ——

以前、時雨が言っていた言葉が、不意に脳裏に蘇《よみがえ》った。

時雨の言った「別次元」は、多分「乗り越える」というのと同じ意味なのだろう。

乗り越えた先にいる自分にとっては、もはや痛みを伴わない「ただの過去」になる。

けれど、どうやってそうなったのか、どうすればそうなるのか、その方法は分からない。

「難しすぎて、俺も、許せないことだらけだ」

素直に言う秀尚に、萌黄は、もしかしたら安心したのかもしれない。

「ぼくは、がきのことがゆるせないんです。でも……それとおんなじくらい、あのときにすーちゃんのてをはなしちゃったじぶんのことも、ゆるせないんです……」

同じくらいと萌黄は言ったが、多分、「自分のことを許せない」という気持ちのほうが強いのだろう。

だからこそ、元凶《げんきょう》になった餓鬼への感情も強くなる。

「……いつか、そのことも許せるようになったらいいな」

許せるようになる、とは言えなかった。

それは、萌黄の心の問題で、薄緋たちならまた別なのかもしれないが、ただの人間でしかない秀尚には、何の手伝いもしてはやれない。

——頑張れ、萌黄。

悩んで傷ついている萌黄に、何もできないことを歯がゆく思う。

けれど、それも自分なのだ。

なら、今、自分ができる精一杯で誠実にぶつかるしかない。

ただ黙って、側にいる。

それが今の秀尚の精一杯——だったのだが。

「みゅ、みゅ……」

スリングの中で寿々が泣き出した。

「あ、すーちゃん、お腹空いちゃったかー」

無理もない、昼食を食べに来たところだったのだ。

萌黄もきっとお腹が空いてるだろう。

「萌黄、俺、下に行ってすーちゃんと萌黄の昼飯もらってくるから、一緒にここで待っててくれる?」

秀尚が言うと、萌黄は大人しく「はい」と頷いた。

「じゃあ、行ってくる。マジですぐ戻るから、待ってて」

秀尚は急いで厨房へと向かう。

厨房の奥の和室では、半数以上の子供たちがすでに食事を終えていて、秀尚が戻ってきたのを見ると、

「あ！　かのさん！」

「かのさん、もえぎちゃんと、すーちゃんは？」

「だいじょうぶ？」

口々に聞いてきた。

みんな心配だったのだ。

「うん、大丈夫だよ」

秀尚が言うと、陽炎が、

「ほら、大丈夫だっただろう？　萌黄は、最初にみんなよりも近い場所で餓鬼に出くわしたから、檻から出ちまった餓鬼を見てその時の怖さを思い出したんだろうって話してたところだ」

話を合わせろ、と匂わせながら言ってきた。

「うん。だから、お昼ご飯は二階で食べるね」

そう言いながらゆっくり子供たちに目を向けると、一続きに並べられた机の、子供たち

から少し離れた場所に餓鬼がちょん、と座っていた。

「……一緒にご飯食べたんですか？」

「ああ。俺と珠杏殿でサンドイッチにした状態でな」

大人しく食っていたぞ、と陽炎は言う。

呪符を仕込んだチョーカーの効果もあるだろうし、加えて二人がかりでの監視に、さすがの餓鬼も滅多なことはできないと悟ったのか、とりあえず問題は起きていない様子でほっとした。

「萌黄とすーちゃん、しばらく俺の部屋にいてもらうんで……戻れそうだったら、子供部屋に戻します」

秀尚は陽炎にそう言うと手早く寿々のミルクと、萌黄の食事を揃え、二階の客間へと戻った。

――餓鬼が怖かったって説明なら、萌黄も子供部屋に戻りやすいし……他の子供たちも納得するよな。

ナイスな説明をしてくれていた陽炎に、秀尚は感謝した。

◆◇◆

珠杏と警備の稲荷が誰か一名つくという状態で数日様子を見ていたが、餓鬼は子供たちと同じ部屋に置いていても襲いかかるようなことはなかった。

餓鬼は食べ物などももちろん食べるが、生者のエネルギーも吸う。

薄緋や寿々が小さくなってしまったのはそのためだ。

よって、チョーカーに仕込まれた呪符には、餓鬼の瘴気を抑える効果と同時に、「調理された食べ物以外は欲しくならない」効果も入れられており、そのおかげで、餓鬼にとって子供たちは、いわゆる「餌」ではなくなったのだ。

餌として見ないので襲うこともない、というだけで、子供たちと話をしたりするわけではない。

そこで、とりあえず一緒にご飯を食べることだけは決まった。

萌黄はあの日の夜ご飯から、ちゃんとみんなの許に戻った。

「餓鬼が怖い」という設定がみんなの中に刷り込まれていたので、大人が言わずとも、自然と萌黄の席は餓鬼から一番離れた場所に設定された。

――みんな優しいよな……。

優しい、いい子たちだ。

だからこそ、自分を許せない萌黄は、みんなに優しくされることもつらかったのだろう。

――本当に、感情っていろいろ複雑だ。

そんなことを思いながら、みんなが昼食を食べ終えた後の和室の片づけをしていると、畳の上に黒い何かが落ちていた。

「……なんだ、これ……」

もやっとした塊は、一瞬、ゴキブリに見えなくもなかったので恐る恐る近づいてみたが、

「加ノ原殿、それに触ってはいけませんよ」

薄緋がすぐに注意を促した。

「あ、何か危険なものですか？」

ゴキブリも生物兵器として充分危険だと思うが、そういう感じではなさそうだった。

「餓鬼の瘴気の欠片《かけら》です」

「え……？」

秀尚は思わず後ずさった。

「食事の後にはがれ落ちていることが多いのですが……瘴気は『穢《けが》れ』ですからね。今の加ノ原殿ならその程度の瘴気に触れても害はないでしょうが、まあ、触らないほうが身のためです」

薄緋がそう言った時、子供たちを部屋に移動させていた珠杏が戻ってきた。

「さっき、餓鬼の瘴気、落ちてましたよね？」

「ええ、今、加ノ原殿に説明をしていたところです」

薄緋の言葉に、珠杏は急ぎ足で和室に来ると、懐から出した和紙で直接触れないように瘴気の欠片をすくい取る。

そして、四方を折り畳んで包み込むと手のひらの上に載せ、その和紙の上にもう片方の手の指先を添えて何か小さな声で呪《じゅ》を唱えた。

すると、ボッと音を立てて和紙が燃え、消える。

「もう大丈夫です。浄化しましたから」

「すごい……、手品みたいでした」

秀尚の言葉に、珠杏は微笑んで、

「人界で働くことになったら、手品師として術を披露するのもいいかもしれませんね」

そう言うと、子供たちの世話をしに、子供部屋に戻った。

そして当の餓鬼は食事の後、檻の中に戻っていた。

チョーカーの呪符がきちんと機能しているので、柵に施していた電流まがいの衝撃はもうなくてもいいだろうという陽炎の判断で、今は餓鬼が柵に触れても大丈夫になっている。

そのせいか餓鬼は檻の中を「自分の部屋」のように思っている節がある。

というか、時雨が面白がってS字フックなどを使ってガーランドを飾ったり、造花を取りつけたりしているおかげで、檻は見通しのよすぎる秘密基地（かなりのガーリーテイストだが）のようになりつつある。

その中にいる餓鬼を見ると、険しかった表情が穏やかになっていたし、檻から出された当初から比べると、確かにさらに瘴気が少なくなっている。

「うわ……気づかなかったけど、ずいぶん変わってる……」

「餓鬼」としてしか見ていなかったので、秀尚はあまり変化に気づかなかったのだが、どうして気づかなかったのか不思議なくらいだ。

「そうでしょう？　ここまで変わるとは、私も驚いています」

薄緋の口ぶりからは、本来ではあまりないこと、というような印象を受けた。

——だったら、もしかすると、もしかするとか？

一つの可能性に気づいた秀尚は、それからしばらくの間、餓鬼の様子を注意して見ることにした。

数日後の夜、いつもの居酒屋タイムにやってきたのは、「今日はこれから深夜勤務だから、飲まんが食うぞ」と宣言した陽炎と、普段どおりに飲んでいる冬雪、仕事の目処がついて安堵感でいっぱいそうな濱旭。彼らとは対照的に、職場で同僚同士のトラブルに巻き込まれて仲裁を頼まれ「もう、超面倒なんだけど！」を憤懣やるかたない様子を見せながらも、薄緋を膝に乗せてちょっと機嫌の直った時雨。そしてもはや時雨の膝の上が定位置であることに何の疑問も持っていない薄緋の五人の稲荷だ。

その彼らに秀尚は、

「このまんま、餓鬼の瘴気が全部はがれたら、普通の子供に戻るのかな」

纏う瘴気がまた少なくなった餓鬼を見ながら言う。

餓鬼は時雨からもらった卵とマカロニのサラダを行儀よく匙《さじ》ですくって食べているところで、そうしていると「目つきは多少悪いがよく食べる痩せた子供」に見えなくもない。

そこまでの変化を見ていると、あり得ないことでもないような気がしていたのだが、

「いや、それはないんじゃないか？」

陽炎がすぐにそう返してきて、冬雪も頷いた。時雨や濱旭、薄緋も同じで、そして明日は非番だからと言って、秀尚と一緒に厨房の中で料理を手伝っている萩の尾も同意見のようだ。

「えー……なんか、イケそうな気がしたんだけど『脱・餓鬼』は無理かぁ……」

残念な気持ちで呟いた秀尚に、

「あ、そういう意味じゃないよ。瘴気が全部なくなるってことは、浄化されるってことだから……」

冬雪が言い、その後を継いで、

「浄化されるってことは、未練や執着がなくなるってことだ。食への執着のせいで餓鬼としてさまよってたんだから、それがなくなれば普通の子供に戻るっていうより、成仏《じょうぶつ》するって考えていいんじゃないか？」

陽炎が説明した。その説明に時雨が笑って、

「成仏って、仏教用語よ」

突っ込みを入れる。

「まあ、そう細かいことは言いっこなしだ。どっちにしても、餓鬼じゃなくなったら消えてなくなるだろう」

陽炎の言葉に、秀尚は少し考えてから問い直した。

「それは、『いいこと』なんですよね？」

消えてなくなる。

その言葉のニュアンスをどう受け止めていいのか、分からなかったのだ。

「綺麗な魂になるっていうか、綺麗な魂に戻れるってことだから、いいことだと僕は思ってるけどね」

そう答えたのは冬雪だ。

「ああ、そっか……。じゃあ『いいこと』なんだったら、餓鬼がそうなれるように、俺、

もうちょっといろいろ頑張ろうかな」

　秀尚の言葉に、

「秀ちゃんのそういう前向きなところ大好きよ」

　時雨が笑いながら言う。

「大好きって言われて光栄だと思うのに、なんだろう、この微妙な気持ち……」

　秀尚の呟きに、萩の尾が笑いをこらえるように俯く。

　萩の尾は大根のかつら剥きをしていたのだが、包丁を持つ手が震えていた。

「失礼ねー。今の大好きは『LOVE』のほうじゃないわよ」

　そう言いながらも秀尚の反応は想定内というか、その反応込みでひとネタと思っている様子で、やはり笑っている。

「で、頑張るって、具体的にどうするの？　餓鬼が満たされるまで食べさせ続けるの？　あら、それって食べ放題のビュッフェみたいな感じ？　もしそうなら参加したいわ」

　時雨の言葉に、

「あ、やるなら俺も参加する」

　濱旭が挙手して参加希望を告げるが、

「んー、食べ放題っていうか……餓鬼の様子を見てたら、空腹が無限に続いてるって感じが、そんなにしないんですよね。まあ、食べ物を差し入れたらなんでも食べてるから、いくらでも食べられるみたいではあるんですけど……」

　秀尚は首を傾げながら言う。

「え、そうなのかい？」

「でも餓鬼って、飢えた状態が続いてるんだよね？」

　冬雪と濱旭が困惑した顔になる。

　陽炎と時雨も理解しづらいという顔をしていたが、薄緋と萩の尾は普段の餓鬼の姿を見ているので、秀尚の言わんとしていることがなんとなく分かっている様子だ。

「普通の餓鬼って、食べても食べても満たされなくてって感じなのかもしれないですけど、こいつに関しちゃその要素が少ないっていうか……他の子と一緒に食べてて、自分が先に食べ終わっちゃって、近くに座ってる子がまだ食べてる最中だとしても、それに手を出そうとはしないし……」

　秀尚の言葉に、

「それは、呪符の力で抑えられてるんじゃないのかな？」

　冬雪が考えられる状態を告げる。

「それもあるとして……なんていうか、残ってる食べ物を凝視するくらいはしそうじゃないですか。でも、そういう感じでもなくて……。あと、偶然かもしれないけど、瘴気がはがれた時って、いつもご飯食べてる時なんですよね。俺が気づいたのは、出汁巻き玉子を食べてる時と、わかめの味噌汁飲んでた時だったんですけど……」

「まあ、おまえさんの出汁巻き玉子は絶品だからな。俺もそれで胃袋を掴まれたわけだから」

陽炎がさもありなん、といった様子で言うのに、

「確かにおいしいわよねぇ。アタシも大好きだもの。……ってことは、もはや餓鬼をも成仏させるおいしさってことよね？」

頷きつつ時雨が続ける。その時雨に、

「成仏は仏教用語だぞ」

さっきのお返しとばかりに、今度は陽炎が突っ込み、時雨は苦笑する。

「おいしいって言ってもらえるのは、本当にありがたいです。けど、そうじゃなくて、メニューによるんじゃないかって思って……。前に餓鬼も元は人間だったって言ってたじゃないですか。だから、人間だった時に食べたもので、強烈に思いが残ってるものがあって、それを食べたら気がすむっていうか、満足できるっていうか……」

秀尚の説明に、濱旭が大きく頷いた。

「分かる！　朝からカレーが食べたいって思ってて、でもその日はカレーを食べる機会がなくて、他のものですませちゃっても、なんていうか『カレーの口』になっちゃってるから、どうしても満たされなくて。結局夜中にインスタントのカップ麺のカレー味に熱湯注

いじゃう、みたいな！」

濱旭の平たいたとえに、時雨は少し呆れた様子を見せながら、

「あんたねぇ……、分かりすぎるわ、それ」

深く同意し、他のみんなも頷いた。

「もちろん、偶然そうだったってだけかもしれないんですけど……とりあえずいろいろ食べさせてみようかなって思ってます」

決意を口にした秀尚に、

「いい案だと思うぞ。じゃあ、餓鬼にいろいろ食べさせるための予習として、俺にもいろいろ食べさせてもらおうか。この後の仕事を頑張れるようにな」

ちゃっかりと陽炎がリクエストしてきて、その言葉を合図に、今夜の居酒屋が本格稼働し始めたのだった。

七

翌日から、秀尚は餓鬼にこれまで以上にいろいろなものを食べさせ始めた。

「やきそばー！」

「めだまやきのってるー！」

昼食の時間、ご飯を食べにやってきた子供たちから歓声が上がる。

麺類は子供たちが好きで、焼きそばは大量に作るのも簡単なので、秀尚としても楽な料理だ。

特に今日は萩の尾が来てくれているので、一人に一つずつ目玉焼きを載せてやった。

一人だとなかなか人数分を焼くのも手間なのだ。

子供たちと一緒に机に向かった餓鬼は、焼きそばを見るのは初めてらしく、凝視していた。

「やきそばっていうんだよ」

「あまいそーすのあじで、おいしーよ」

餓鬼にそう教えてやるのは実藤と浅葱だ。

子供たちはすっかり餓鬼の存在に慣れた様子で、萌黄もあの日以来、餓鬼に必要以上に近づいたりはしないものの、邪険にしたり、嫌悪感を露わにしたりする様子はなかった。

薄緋は、

「加ノ原殿に胸に溜め込んでいた思いを打ち明け、理解をしてもらえたことで、少し落ち着いたのでしょう」

と言っていたが、それと同時に、

「萌黄は内に溜め込んで、それを隠してしまうのも上手ですから、これからも気にかけておかないと」

とも言っていた。

だが、とにかく今は平穏だ。

「それにしても、加ノ原殿は本当にいろんな料理をご存じなのですね」

昼食の後片づけも終えて、お茶を飲んで少し休憩をしている時に、これまでに取った帳面を見返していた萩の尾が言った。

最初に会った時にまっしろだった帳面は、もう後ろのほうまで書き込まれていた。

「一応、いろんな料理を作れるように勉強してきたっていうのもあるんですけど、そもそも日本って他の国に比べて、一般家庭で出される料理の種類っていうのが多いらしいですよ」

「そうなんですか？」

「そうらしいです。俺はそれが普通だと思って育ってきましたけど、本格的なっていうんじゃなくて、全部アレンジされたナントカ風、みたいになってるけど、イタリアン、フレンチ、中華はもちろん、最近じゃロシア料理っぽいのも作る人いるみたいですし……」

それだけ手に入る食材が豊富だということもあるし、「よさげなものは取り入れる」という柔軟な感覚を持っている人が多い国民性みたいなものもあるのかもしれない。

「そうなのですね……、私は本宮から出たことがほとんどなく、しかも本宮勤めを始めた時からずっと厨におりますので……。厨では和食しか作らないものですから、料理の幅がないのです。今回、こうしてお手伝いをさせていただいて、本当にいろいろ参考になります」

萩の尾はそう言う。

「俺こそ、勉強させてもらってます。下ごしらえ一つ取ってみても、やっぱり丁寧《ていねい》さとか違いますし……和食の奥深さを感じるっていうか。……萩の尾さんは、お料理されて何年くらいなんですか？」

秀尚の問いに萩の尾は少し計算する間を置くと、

「今年で九十八年ですね。あっという間でした」

微笑んで言う。

「九十八年。ほぼほぼ百年ですね。……俺たちの感覚だと、もう、日本料理の神様って感じです」

陽炎たちも見た目どおりの年齢ではないので、萩の尾もそうだろうなと思っていたが、妙にリアルな二ケタの数字を出されて、半笑いになる。

「それは大袈裟《おおげさ》と言うか……厨の長と比べると、私などは足元にも及びませんので、恥ずかしい限りです」

「ちなみに、厨の長殿は今、何歳くらいなんですか？」

「さあ……？　聞いたことはありませんが少なく見積もっても三百年、四百年……でしょうか？　もしかするともっとかもしれませんが、あまり気にしたことがないので」

百年単位を十年単位程度の感覚で捉えている時点で、あまり気にしたことがないのは本当だろうなと思えた。

「本物の神様だっていうか……、お稲荷様だから神様で当然なんだけど……すごいです、いろいろ」

「それだけに和食へのこだわりも強いので、白狐様が珍しいものを食べたいとおっしゃるたびに頭を悩ませておいでです」

萩の尾はそこまで言って、

「先日、厨の長殿がお休みを取られた時に、こっそりこちらで教えていただいた『ドーナツ』を作って白狐様にお持ちしたのですが、とても喜んでくださいました」

そう報告してくる。

「そうなんですか？　よかったです」

「私も、白狐様直々にお言葉を賜《たまわ》ることができて、天にも昇る気持ちでした」

萩の尾が嬉しそうに言う。

白狐は彼らの頂点に立つ存在で、その白狐を従えるのがうーたん——宇迦之御魂神——だと聞いているが、白狐本人の印象は、聞く稲荷によって違う。

萩の尾の様子からすると、ものすごく優れた人で尊敬の対象のようにも受け取れるが、陽炎からは「とにかく事を大きくする。面白がって種火《たねび》を大火事にしかねない」と、ちょっと面倒くさい存在のようにも受け取れる発言を聞いた気がする。

——まあ、人それぞれ、捉え方ってあるからなぁ……。

実際に会うことはないだろうし、とりあえず「なんかすごい人」という認識でいることにして、納得することにした。

餓鬼と一緒に食事をする、ということが日常に組み込まれると、萌黄以外の子供たちの中ではすっかり「風変わりなお友達」的な空気ができていた。

そして風変わりでも「お友達」という感覚になると、

「がきちゃんに、おなまえがないのはかわいそうだとおもう」

という気持ちになるのも、当然と言えば当然の流れだった。

「がきちゃん、なまえはあるの？」

昼食後、厨房でまだ檻に戻る前の餓鬼に十重がお姉さんらしく聞くが、餓鬼の反応は薄い。それが餓鬼の通常モードではあるのだが、

「そっかー、おなまえ、ないのかー」

薄い反応からそう判断したのは殊尋だ。

「じゃあ、みんなでかんがえて、おなまえつけてあげようよ！」

名案だろうとでも言いたげに実藤が言い、それに口ぐちに候補を挙げだす。

「がきだから、がっちゃん！」

「だめ！　もっとかわいいのがいい！」

「じゃあ、たまごやきが、すきみたいだから、たまちゃん！」

「それより、はらぺこだから、ぺこちゃんは？」

みんなそれぞれ自分の意見を推すので、候補だけはどんどん挙がるが全然決まらない。

「子供のネーミングセンスって、本当にストレートで可愛いよねぇ」

その様子を見ていた今日の警備担当の冬雪が微笑みながら言う。

「でも、それが自分の名前になると思ったら遠慮したいですけどね」

秀尚の言葉に「確かに」と冬雪も同意する。

しばらくの間、名付け会議は紛糾していたがまったく決まらないまま、

「かのさん！　かのさんが、がきちゃんのなまえをつけてあげてください」

突如《とつじょ》として、片づけをしている秀尚に振ってきた。

「え？　俺が？　なんで」

「だって、みんなじぶんのがいいっていうんだもん」

「かのさんとか、とうせつさまとか、おとなのひとがきめてください」

その言葉に秀尚は冬雪を見た。

「じゃあ、冬雪さんどうぞ」

「いやいや、最初に御指名を受けたのは加ノ原くんだからね。センスのいいところ、披露《ひろう》してよ」

そう言って秀尚に命名権を譲《ゆず》る。

とはいえ、自分の子供ならまだしも、餓鬼に名前をつけるなどという機会があると思っていなかった秀尚は悩んだ。

「餓鬼の名前……？　餓鬼だろ？」

突然すぎて何も思い浮かばなかったが、子供たちの目は「どんな素敵な名前がつくんだろう」という期待でキラキラしていた。

――あー、ヤバい。めっちゃ期待されてる。

そう思えば思うほど追い込まれてしまう。

「餓鬼、ガキ……ガッキ、ガッキー……」

何かないかと、ニュアンスを変えて呟いていた秀尚はハッとした顔になり、

「決めた！『ゆいちゃん』で！」

高らかに宣言する。

だが、子供たちはきょとんとした顔で秀尚を見た。

どうしてその名前？　といった様子だ。

それに慌てて秀尚は言葉を続ける。

「ゆいって、漢字で結ぶって書くんだ。出会い方は、ちょっとアレだったけど、こうして名前まで決めてやろうって気持ちになるくらいの縁が結ばれたから、それを記念して『結《ゆい》』ちゃん。どうだ？」

子供たちは、漢字はよく分からないが、秀尚の説明はなんとなくいいもののように感じられたのか、

「ゆいちゃん」

「おなまえきまったー」

納得して、賛成する。

その様子に安堵する秀尚に、

「なんか、もっともらしい命名理由を聞いたけど、『ガッキー』で『ゆい』って、アレだよね？」

冬雪が呟く。

それに秀尚は黙って頷きつつ、子供たちと大して変わらない自分の安直さを、ちょっと反省する。

とりあえず子供たちは早速餓鬼を「ゆいちゃん」と呼んではしゃいでいたが、萌黄はその輪から少し離れてその様子を見ていた。

秀尚は萌黄にそっと近づいて膝を折り、目線を萌黄と合わせると、

「萌黄、今日の夕ご飯、何食べたい？」

餓鬼のことには触れず、夕食のリクエストを聞いた。

「ゆうごはん……」

「うん。何作ろうか迷うっていうか、思い浮かばなくて。萌黄の好きなもの作ろうと思うんだけど、今、食いたいもの何かない？」

思い浮かばない、というのは嘘だが、みんなの輪に入っていけない萌黄のために、とい

うことを悟られれば、萌黄は「なんでもいいです」と言うだろう。

だから、困っているふうを装って聞いた。

萌黄は少し考えてから、

「すぱげてぃがたべたいです」

小さな声で答えた。

「オッケー。助かった、ありがとな」

秀尚はそう言って萌黄の頭を撫でる。そこに、浅葱がやってきた。

「もえぎちゃん、かのさん、なにおはなししてるの?」

「んー? 夕ご飯、何にしようか相談してたんだよ。萌黄のおかげで、スパゲティに決まった」

秀尚の言葉に、浅葱は目を輝かせた。

「ぼく、すぱげてぃだいすき!」

「ぼくもです」

浅葱に続いて、萌黄も言う。

「そうだな、二人は双子だから、好みも似てるな。おいしいの作るから、期待しといて」

今度は二人の頭を撫でて、秀尚は立ち上がる。

そして元の場所に戻ると、

「加ノ原くんは、いつも子供たちのこと気にかけてるねぇ」

冬雪がそう言って微笑んだ。

「いや、それはみんな同じでしょう?」

「それはそうだけど……萌黄ちゃんにどう声をかけていいのか、言葉が見つからなくてね。どうしようか困ってた」

苦笑する冬雪に、

「その分、俺は飯の話を振ったらいいだけだから、話のきっかけには困らないかもしれないですね。今も、夕飯のリクエスト聞いてました」

秀尚が答えると、

「そうなんだ。夕食、何に決まったのかな?」

少し期待したような視線で問う。

「スパゲティがいいって言われました」

「パスタか。何のパスタ?」

「それは、これから決めますけど……冬雪さん、子供たちと一緒に食べますか?」

一応、気を回して冬雪に問うと、

「え?　いいのかい」

嬉しそうに言った。

「いいですよ。人数分、一気に作っちゃいますから、特に手間でもないですし。今日、居酒屋の時間帯、外警備の仕事ですよね？」

「うん。だから今日は残念だなって思ってた。でも夕食が食べられるなら、チャラかな」

冬雪がそう返した時、

「さ、みんな子供部屋に戻りますよ」

薄緋が言い、「はーい」と揃っていい子の返事をした子供たちが厨房を出ていく。その中、餓鬼はポテポテと歩いて冬雪の側に近づいて、顔を見上げた。

「ああ、はいはい、結ちゃんはお部屋に戻ろうね」

冬雪は早速つけられた名前で呼び、ソフトに餓鬼を抱き上げて、台の上の檻の中に餓鬼を戻す。

――この人、餓鬼相手でもタラシモードだよなぁ……。

そんなふうに思っている秀尚に、

「じゃあ、夕食、楽しみにしてるから」

いい笑顔で言うと、冬雪は出ていく。

それを見送ってから、秀尚は檻の中の餓鬼に視線を向けた。

新たに時雨から差し入れられたクッションに背を預け、ぼんやりとした目で厨房の様子を見つめている。

最初の頃のような凶暴さがなくなってから、餓鬼はすっかり大人しくなったというか、感情らしき感情も見えないし、言葉もほとんど発しない。

「結ちゃん、行きがかり上、『結ちゃん』って名前になったけど、これからもしばらくよろしく」

改めて言ってみる。

雨などの天候不良で多少工期が長引いているが、加ノ屋の耐震工事は大体予定どおりに終了するということを、先日も人界に戻った時に確認してきた。

つまり、それまでに餓鬼が今の状態から変わらなければ、おそらく消滅処分になってしまうのだろう。

もちろん、ここまで大人しくなり――香耀たちが作ってくれた呪符入りチョーカーのおかげだと思うが――名前までつけられた餓鬼を消滅処分に、というのはもしかしたら何とか回避してもらえるかもしれない。だが、意外と稲荷たちはそのあたりの線引きは冷徹《れいてつ》なものがある。

今、餓鬼がここにいるのは「秀尚がいる間だけ」という約束がきちんと守られているからだ。

「頑張らないと」

秀尚は自分を鼓舞《こぶ》するように言って、とりあえず、昼食の片づけに戻った。

◆◇◆

萩の尾が来たのは、おやつの時間が終わり、みんなが部屋に戻ってからのことだった。

「遅くなってすみません。あちらの仕込みに少し手間取ってしまって」

昨日帰る時に、おやつの準備に間に合うように来られると思うと言っていたので、遅れたことを謝ってきた。

「大丈夫ですよ、今日は蒸しプリンにしたんで、卵液作ったら、あとは蒸すだけのお手軽おやつです。萩の尾さんの分も取ってあるんで、あとで冷蔵庫の中の、食べてください」

簡単だったこともあってたくさん作り、夜の居酒屋でも出せるように、いくつかが冷蔵庫で冷やされている。

ゆきんこたちは、凍らせてシャーベット状にしたものも食べてみたいらしく、一つを冷凍庫に、もう一つを冷蔵庫に差し入れた。

「ありがとうございます、あとでいただきます」

萩の尾はそう言ってから、

「今日の夕食は、何にするんですか？」

早速聞いてきた。

「今日はスパゲティにしようと思います」

「すぱげてぃ？　初めて聞きます。どのような料理でしょうか……？」

「麺料理なんですけど、小麦粉でできた麺を使うんです」

秀尚は言いながら、スパゲティの袋を取り出し、萩の尾に見せる。

「これがスパゲティ。今はパスタって言うことのほうが多いかな」

「乾麺《かんめん》なのですね。戻して使うのですか？」

「熱湯で茹《ゆ》でて戻します。味つけ次第でどんなふうにでも食べられるので、簡単に明太子《めんたいこ》を和えて明太子パスタにしたり、シンプルに刻んだ唐辛子《とうがらし》とにんにくを入れてオリーブオイルで炒めてペペロンチーノっていうのにしたり、スープ仕立てになってたりするのもありますよ」

「いろいろあるんですね。今日は、どのようにされるのですか？」

萩の尾は興味深そうに聞いてきた。

「今日は、ナポリタンっていうのにしようと思ってます。人界で子供に人気があるんですよ」

「なぽりたん……」

「ケチャップ味なんですけど、昔はよく喫茶店なんかでも出されてて、俺の祖父がやってた洋食店でも人気のメニューでした。俺も大好きでよく食べさせてもらいましたし、今だと自分で作って食べたりもしますよ」

それなのに、子供たちには出したことがなかったな、と思う。

店でも、出していない。

特に理由はないのだが、不思議なものだと思う。

「加ノ原殿、どうかされましたか?」

黙ってしまった秀尚に、萩の尾が問う。

「あー、いえ、なんでもないです。えっと、使う具材は、タマネギ、ピーマン、ベーコン、ウィンナー、マッシュルームです。ベーコンの代わりにハムでもいいですし、マッシュルームもなかったら、シイタケとかシメジで大丈夫です」

秀尚の説明を、萩の尾は早速書きつけていく。

ソースに使うのはケチャップ、ウスターソース、生クリーム——祖父は生クリームを使っていたが、秀尚は牛乳で代用することも多い——それから、砂糖だ。

ソースの材料を合わせてよくかき混ぜて、具材は食べやすい大きさに切る。

「ウィンナーは、飾り切りっていうか、一人に一つずつ当たるように……こんな感じでタコさんと、カニさんを作ってあげてください」

秀尚はウィンナーに簡単に切り込みを入れてタコとカニを作る。

「面白いですね」

「こういうちょっとしたものでも子供たち、喜んでくれるんで……」

萩の尾は秀尚の手元を見て、見様見真似でタコとカニを作る。

元々もっと複雑な飾り切りをする萩の尾なので、簡単に作り上げる。

「楽しいですね……加工しやすいですし、いろいろ試してみたくなります」

「じゃあ、今度、切り方がまとめてあるの印刷して持ってきますよ」

そんなことを言いながら、夕食分だけではなく、準備したウィンナーをタコかカニに作る。

子供たち以外の分は、夜の居酒屋でシメの炭水化物としてスパゲティを出すので、その時にトッピングするのだ。

「これで準備ＯＫ。じゃあ、まず、フライパンにバターを溶かして、タマネギを炒めていきます。バターは多めのほうが俺は好みかなぁ」

言いながら、秀尚は中火で熱したフライパンにバターを入れて溶かし、溶けきったところでタマネギを投入して炒める。

タマネギが透きとおってきたら、ウィンナー以外の具材を入れて、塩コショウで軽く味をつける。

全部に火が通ったら、具材を一度別の皿に取り出して、同じフライパンに、合わせておいたソースを入れて中火で温め、温まってきたらタコとカニのウィンナーを入れ、フツフツと煮立ってくるまでゆっくりとかき混ぜる。

「味を見ながら……こんなふうに煮立って、スープが赤くなったら、タコとカニのウィンナーは取り出して、代わりに具材を戻して煮詰めると半分完成。今、ソースはこんな感じの味」

秀尚はソースをスプーンですくい、萩の尾に差し出した。

それを口にした萩の尾は、

「これは……甘みと酸味がちょうどよくまろやかに纏まっていますね。それにコクがあります。とてもおいしいです」

嬉しそうに言った。

「よかった。今はちょっと味が濃いかもしれないけど、この後、麺を合わせるから、多分ちょうどいい感じになると思います」

今はまだ少し早いので、ご飯の時間前に頃合いを見計らって、麺を茹でて、温め直したスープに麺を入れる。

その時にソースが煮詰まっていれば、麺の茹で汁で伸ばして麺と混ぜ合わせながら軽く炒めてでき上がりだ。

「皿に盛ったら、タコとカニを見た目よくトッピングして、彩りに刻んだパセリを添えたり、ぶっちゃけなくても大丈夫です」

秀尚はそこまで言って、

「で、今作ったのは子供たちに出す量の半分だから、残りの半分、萩の尾さん作ってみないですか？」

そう振った。稲荷が作ると「神気」が食事に入ってしまい、あわいの地にいる子供たちには好ましくないのだが、毎食でなければ大丈夫だということは、今回萩の尾が来ることになった時に確認ずみだ。

「……それでタコとカニが半分残っていたのですね……」

バットの上に残った、居酒屋の分にしては多いタコとカニに気づいていたらしい。

「そういうことです」

秀尚が笑顔で返すと萩の尾は「やってみます」と、帳面の書きつけを見ながら、調理していく。

さすがにずっと本宮の厨にいるだけあって、特に秀尚が何も言わなくてもそつなくこなした。

「うん、完璧！　さすが厨のお稲荷様」

秀尚がやった工程を再現した萩の尾に言うと、萩の尾は照れたように笑う。

夕食の時間になり、こうして作ったナポリタンにサラダを添えて出すと、子供たちは目を輝かせた。

「たこさんがいるー！」

「かにさんもいるよ！」

思ったとおりの反応で、初めて食べるナポリタンも大好評で、おかわりしたいと言い出し、居酒屋で出そうと準備していた分も売り切れてしまったほどだ。

居酒屋組で唯一、夕食時に子供たちと一緒に食べた冬雪は、後でそれを自慢して陽炎たちを盛大に羨ましがらせた。

そして萩の尾も翌日、白狐にこっそり献上《けんじょう》し、

「とてもおいしいと絶賛されておられました」

嬉しそうに報告してくれたのだが、その後、少し目を伏せ、

「ですが……お召し上がりになった後、口の周りの毛がオレンジ色に染まってしまい……側近殿に何を召し上がったのかと問い詰められて……『白い毛色なのですから、濃い色のものを食べる時にはもっと気をつけていただかないと！』と叱られておいででした……」

と続けた。

「あー、純毛の白って染まりやすそう……」

ちょうど居酒屋の開店時間だったため、来ていた時雨が半笑いで言う。

「確かにケチャップの混ざった油って、色がついたら落ちづらいんですよね……。っていうか、白狐様って人の姿じゃないんですか？」

ここに来る稲荷たちは全員人の姿を取っているので、白狐もそうだと思っていたのだが、口の周りの毛が、ということは狐姿のままだということに秀尚は気づいた。

「そうですね……そう言われれば、人の姿でいらっしゃるところは見たことがありませんせん」

「アタシもそうだわ……。白狐様はそういうものだと思ってたから、疑問にも思わなかったけど」

萩の尾と時雨は顔を見合わせた。

人の姿になれないのか、あえてならないのかは分からないが、

「とりあえず、そういう汚れがよく落ちる石鹸《せっけん》を今度お渡しします。また何かあった時に、白狐様に使ってみてもらってください」

と秀尚が言うのに、時雨が、

「あ、シロマロ石鹸？　あれ、いろんなものがよく落ちるのよねー」

渡すつもりでいた商品の名前を挙げるが
「洗顔に使うにはちょっとキツくない？」

商品を知っている濱旭が突っ込む。それに時雨は「大丈夫よ、白狐様だもの」と根拠の

よく分からない「大丈夫」を言い、後日、秀尚は件の石鹸を萩の尾を通じて白狐に差し入れたのだった。

◆◇◆

餓鬼浄化作戦でいろいろな料理を作って出してきた秀尚だが、その結果、大根の漬物や干しイモなど、素朴な食べ物がヒットしていることがわかった。

とはいえ、人界の様々な凝った料理にすっかり慣れ親しんでしまった子供たちには、そういった素朴なものばかりでは不満が出てしまうだろうから、彼らが違和感を覚えない程度にいろんな品を出していったのだが、なかなかヒットしなかった。

それでも、ある程度の瘴気がはがれ、元気な子供たちと触れ合ったことで、何らかの変化があったのか、餓鬼——結は単発的な言葉を発するようになってきた。

その変化に、ご飯の時以外も子供たちともう少し触れ合わせてみようということになり、昼食後、昼寝までの遊び時間を結は子供部屋で過ごすことになった。

一緒に遊んでいるというよりも、子供たちが遊んでいる様子を眺めていて、子供たちが何かをすれば同じように反応する、といった様子らしいのだが、懸念していたことにはなっていないらしい。

「人であった頃を思い出す刺激になれば、もしや、と思うのですが……なかなか難しいようです」

薄緋は今回の決断の裏には、子供たちのためというよりは、結を成仏させるための一助になればという願いがあると言外に告げた。

すでに名前までつけるほどの仲だ。

消滅処分となれば、子供たちの悲しみは深いだろう。

「そうなった場合、子供たちと一緒に過ごさせるのって、酷《こく》じゃない？　まぁ、害がないならこのままあわいに留まらせても、とは思うけど……」

ため息混じりに時雨が言う。

今日は人界は日曜で、会社が休みの時雨が様子を見にあわいの地に来ていた。

昨日は濱旭が来て子供たちの相手をしてくれていたが、薄緋いわく、

『今は加ノ原殿がこちらにおいでなので、二人ともここに来れば食事にありつけるからいらしてるんですよ』

とのことらしい。

それを聞いた時雨が「やだぁ、ばらさないでよ」と笑っていたので、どうやら半分くら

いは事実らしい。

「いえ、その許可はおそらく下りないでしょう。……加ノ原殿がおいでの間だけ、と最初に言ってあるわけですし…」

そう言われると責任重大な気がしたが、確かに最初からその約束だった。

「頑張ります、いろいろ」

「そうね、頑張ってもらうしかないわね。……まあ、アタシも何か抜け道がないか探すわ。やっぱり、情が移っちゃってるしね」

秀尚の荷を軽くするためだろうが、時雨が言ってくれるのは心強く思えた。

翌日の昼食後、珠杏が本宮に戻らねばならない用件ができてしまったので、その間だけ秀尚が子供部屋で薄緋と一緒に子供たちと結の様子を見ることになった。

子供たちは積み木やブロックで遊んだり、おもちゃの電車のレールを繋いで走らせたり、絵本を開いて眺めたりしている。

「かのさん、つぎはこれよんでー」

一冊の絵本を読み終えて、膝の上にいた殊尋がどくと、次にそう言って近づいてきたのは豊峯だ。

「いいぞー、ほら」

　空いた膝を軽く叩くと、豊峯はそこにちょこんと座る。

　先に読んでもらった殊尋は本を棚にしまうと、レールを繋いでいる浅葱のところに行き、線路の拡張を手伝う。

　その少し先では、萌黄がブロックで懸命にお城を作っていた。

　その萌黄の傍らには小さな籠があり、ふわふわのクッションが敷かれたその中で、寿々が寝ている。

　萌黄は寿々が寝ていてもいつもスリングをつけていて、起こさないようにか遊ぶよりは大人しく本を眺めて過ごしているらしいのだが、今日は、

「ブロックでものを作る手がなまらないように、練習しといたほうがいいぞ？　すーちゃんが起きるまでこの籠で寝てもらっといてさ。すーちゃんが起きたら、また抱っこしてやって？」

　と、秀尚が説得し、それに応じた形だ。

「えーっと、あかのさんかく……あかのさんかく……」

　お城の尖塔につけるブロックを萌黄は探す。だが、持ってきている箱の中には、探している色のものはないようだった。

　そこで萌黄が他の箱を持ってこようとした時、

「…あか……さん、かく……」

たどたどしい口調で言いながら、結が萌黄に赤い三角形のブロックを差し出した。

萌黄は困惑した表情で結と赤いブロックを見つめ、それに気づいた子供たちと、秀尚、薄緋は萌黄がどうするのか、息を呑んで見守った。

——萌黄……。

祈るような気持ちで秀尚は萌黄を見つめる。

萌黄が葛藤《かっとう》しているのは表情から分かる。

ただ、受け取ればいいだけのこと。

だが、そうすれば結を「許した」ことになってしまうかもしれない。

けれど拒絶をすれば、結を傷つけるかもしれない。

自分たちが傷ついたように。

それは、萌黄の本意ではないのだ。

まだ許せない。

でも、今のままでもつらい。

——萌黄……頑張って。

言葉にできない声援を秀尚が胸の内で送った時、萌黄は恐る恐る手を伸ばし、結の手からブロックを受け取った。そして、

「……ありがとう、ございます……」

俯き、消え入りそうな小さな声で、それでも礼を言い、受け取ったブロックを尖塔の先につけた。

——萌黄、よくやった！

ブロックを受け取って礼を言うという、本当に些細な「たったそれだけ」のことだ。

それでも、そうすることがどれだけ今の萌黄に難しかったかと思うと、胴上げして褒め称えてやりたい気分だ。

自分が何かを成し遂《と》げたわけでもないのに、誇らしさと満足の入り混じった気持ちでいると、視界の端に安堵した様子の薄緋の姿が見えた。

その薄緋の姿を見た瞬間、

——結を消滅処分なんかにさせちゃダメだよな。

秀尚は強くそう思った。

みんな笑顔でいられる最後がいい。

——よし、頑張ろう！

決意を新たにした。

とはいえ、決意をしただけで妙案が浮かぶわけではない。

「なー、結ちゃん、食べたいものある？」

とりあえず、檻の中に戻った結に声をかけてみる。

結は相変わらずぼんやりとした様子で、しばらくの間黙っていたが、

「…しろ……い……」

と小さな声で呟いた。

「白？　白い何？」

再び問うが、結は「しろ……い、しろ……」としか言わなかった。

「おう、おまえさん、結とおしゃべりか？」

仕事を終えた陽炎がやってきて、結の檻の前にいる秀尚に声をかけた。

「おしゃべりっていうか、おしゃべりってレベルで話してくれれば楽なんですけど。……結ちゃん、また後でね」

秀尚はそう言うと檻の前から離れて流しの前に戻る。

陽炎は冷蔵庫を開けると、

「ゆきんこちゃん、一番冷えてるのはどれだい？」

一番冷えているビールがどれか問いかけていた。

「あわいは季節差がそんなにないって言っても、人界は冬なんですよ？　ちょっとは季節

感ってものを大事にしようと思わないんですか？」

秀尚の言葉に、陽炎はゆきんこが指差したビール瓶を取り出し、冷蔵庫の扉を閉めると、

「あとで熱燗も飲むから、それで季節感は保てるだろう？」

笑ってそんなことを言って、栓抜きで瓶の蓋を開ける。

そこに人界で仕事を終えた時雨が入ってきた。

「あー、今日も疲れたー。ちょっと陽炎殿、もう来てたの？」

「俺も今来たところだ。一杯いくかい？」

ビール瓶を持ち上げ、陽炎は聞くが、

「いいわ。今日の人界、めっちゃくちゃ寒かったの！　熱燗から始めたいわ」

時雨はそう言って荷物を置くと、徳利に酒を注ぎ始める。

一本ではなく二本準備しているのは、おそらくすぐに来る濱旭のためだろう。

「一応、お湯の準備だけはしてありますから、そこの鍋に浸けてください」

最近、熱燗が出ることが多いので、秀尚はすぐに湯に浸けられるよう、それだけは準備しておいている。

酒そのものの準備をしておかないのは、「酒は持ち込み、セルフ」だからだ。

「ありがたいわぁ……。ね、燗ができるまでの間、ちょっと温かいものを胃に入れたいんだけど、何かない？」

時雨が問う。

どうやら今日はよほど寒かったらしい。

「がんもどきの餡かけがありますよ」

みんなが来る頃合いを見計らって、一品目にと温めて準備していたそれを、秀尚は小鉢に盛って、陽炎と時雨に出す。

「おお、いいな。キンキンに冷えたビールと、アツアツのがんもどき。最高の贅沢《ぜいたく》をしてる気分になるね」

陽炎がそう言ってがんもどきを口にすれば、

「ああ……生き返る……」

時雨が吐息と共に、心底といった様子で声を漏らす。

「今日、そんなに寒かったんですか?」

問う秀尚に、時雨は激しく頷いた。

「激烈に寒かったわよ。風が強くてみぞれ混じりの雨だったから、体感温度はマイナス十度くらいって感じ。アタシ、今日は外から直帰だったんだけど、いつもと違う路線の駅から家に帰ったのよね。その駅からだと、ちょっと遠いのよ。その間にどんどん体温奪われちゃって」

「お疲れ様です」

秀尚が労うと、

「ほんっとうに、ここがあってよかったって心底思ってるわ。あー、生き返った……」

時雨が改めて言う。

そして時雨が準備した熱燗ができ上がる頃、

「ちょっと！　今日、外、激サムだったんだけど！」

濱旭がやってきた。

「寒かったわよね。ちょうどいいとこに来たわ、熱燗できたところよ」

時雨は鍋から徳利を引き上げて席に戻る。

そして濱旭の前にお猪口を置いて注いでやった。

「わぁ、ありがたい。時雨殿大好き！」

濱旭のそのセリフに、

「アンタが女だったら、アタシ今、どれだけ嬉しかったか……」

時雨は遠い目をして呟く。

「神使の極端なまでの男女の数の不均衡は、いかんともしがたいからな」

「なんとかできるもんなら、とっくに白狐様か御魂様が手を打ってらっしゃるものねぇ……」

陽炎の言葉に時雨が諦めモードで呟いた時、子供たちを寝かしつけていた薄緋が厨房にやってきた。

「今夜は、少し集まりが悪いのでは？」

集まっているのがまだ三人なのを指摘しながら薄緋は時雨に近づく。

時雨も慣れた様子で薄緋を抱き上げて膝の上に座らせ、濱旭は即座に薄緋の取り皿と箸《はし》の準備をする。

「冬雪殿は今、報告に本宮に行ってる。すぐに来るだろう。景仙殿は、今日は休暇だ」

「そうでしたか」

薄緋がそう返した時、冬雪がやってきて、今日はこれがフルメンバーのようだ。

体が冷え切っていた時雨と濱旭のために温かいものを二品——先に出したがんもどきと、それから揚げだし豆腐——出した後は、特に何も考えず、準備しておいたワカサギの南蛮漬けを出し、そして、トマト味に煮た牛ミンチに赤唐辛子を加えたピリ辛の肉ダネと、それをくるんで食べられるように適当な大きさに切った生キャベツを添えて出す。

「キャベツってところがヘルシーでいいよね」

言った冬雪に、時雨も頷く。

「家でなら、ポテチとか、トルティーヤとか合わせちゃうところよねぇ」

「俺はこれで飯を食いたいところだが、シメにはまだ早いからな」

陽炎はそう言ってキャベツに綺麗に肉ダネを巻いて食べる。

「うん、うまい」

「ありがとうございます」

秀尚が礼を言ったところで、陽炎は、

「で、おまえさん、今日俺が来た時、結と何を話してたんだ？」

来た時のことを思い出したらしく、聞いてきた。

「あー……結ちゃんに、何が食べたいか聞いてたんです。いろいろ食べさせてるけど、なかなかヒットしなくて」

「結は、何か言いましたか？」

薄緋が問う。

「それが、白い、としか言わなくて……。白い何かだってことだけは分かったんですけど、白い食べ物って結構あると思うんですよね」

秀尚の言葉に全員が頷く。

「まず思い浮かぶのは豆腐よね」

と時雨が言えば、

「それが冷ややっこなのか湯豆腐なのかでも違ってくるしね」

冬雪が返す。

「大根も白いよね」

濱旭が言う。

「大根の料理って、メチャクチャいっぱいありますよ？　大根おろしだってそうだし、風呂吹き大根だってそうだし」

「おでんの大根、ブリ大根、大根みたいな野菜ならカブもあるだろう」

陽炎が指を折って挙げていく。

「とりあえず、片っ端から食べさせてみます……」


ということで、その日挙がった「白い食べ物」は翌日から三日かけて与えてみたのだが、どれもハズレだった。

「大福じゃないか？」

という陽炎の新たな助言に従ってみたが、ハズレ。

「スイーツ系で攻めて、まさかの季節感無視でかき氷とか！」

という濱旭の言葉に、ゆきんこたちに氷を作ってもらいかき氷を作ったが、やはりハズレた。

ハズレではあるが、結は満足そうなので秀尚は微妙な気持ちになる。

「なー、結ちゃん、何が食いたいんだよ？」

声をかけるが、結は相変わらず、

「しろ……」

としか言わない。

「白なぁ……」

悩む秀尚だが、結向けのものばかり作ると、今度は子供たちが満足しないので、絶対違うと思いながらもホワイトソースを使って子供たちの好きなドリアを作ったり、ホワイトカレーを作ったり、おやつに杏仁《あんにん》豆腐を作ったり、とにかく白にこだわって作ってみたが、とりあえず、全部ハズレだった。

「粕汁《かすじる》もハズレ、と……」

夕食の仕込みを終えて、奥の座敷でメモ帳を開き、「白い料理一覧」の粕汁のところにバッテンをつけて、秀尚はため息をつく。

「お疲れのようですね」

同じく座敷で子供たちの様子を記録していた薄緋が声をかけてきた。

「疲れてるわけじゃないんですけど……白い何が食べたいのか分からなくて、ちょっと行き詰まってる感じです」

秀尚はそう言ってから、

「結ちゃんって、いつ頃の時代の子なんでしょうね……」

子供部屋から戻ってきて、檻の中で昼寝中の結を見ながら秀尚は呟く。

「飢えて死んだからといって、その翌日にすぐさま餓鬼になるわけではありません。それなりの時間を経て、そういうものに姿を変える場合が多いのです。……そうですね、少なく見積もって百年、二百年、それくらいは……」

薄緋のその言葉に、

「二百年前っていうと……江戸《えど》時代？　百年前で大正《たいしょう》か昭和《しょうわ》の初め……その頃だと西洋料理もかなり入ってきてるなぁ……。和食縛りで考えてたけど、もしかしたら、西洋料理の何かに憧れてたとか、一回食べて忘れられないとか、そういう可能性もあるのかな……」

そうなると膨大な数の料理になるなと、秀尚はちょっと絶望したくなった。

だが薄緋は、

「ただその時代に、西洋料理を口にすることができた者は限られた地域に住まい、比較的裕福な家の者だったのではないかと思いますよ。そんな者が飢えて死ぬような状況に追いやられることは稀ですし、結の着ている着物からして、百年前というのはないかと思います。二百年、三百年……それくらいは」

と、見解を示してくれた。

「ってことは、江戸時代あたりに絞るか。……そういや、日本史の授業で江戸時代に起きた三大飢饉《ききん》の話、聞いたなぁ……」

もちろん、飢饉でなくとも、食べるものが満足になくて死んだ人は多かっただろう。

そんな時代のほうが長かったのだ。

——江戸時代、江戸時代……みんなその頃、何食べてたんだろ。家康《いえやす》は天ぷら食べて死んだとかって話聞いたことあるけど……。

「では、私はそろそろ子供たちの様子を見に行ってきます」

薄緋は書き終えた帳面を閉じ、立ち上がる。

「はーい。あ、じゃあ、おやつの準備しなきゃ」

そう言った秀尚に、お願いしますね、と言い置いて、薄緋は厨房を出ていく。

それを見送ってからも秀尚はずっと、結が生きていたかもしれない江戸時代のことを考え、そしてその夜、布団の中でふっと一つのことを思いついた。

——あー……あれかも……。

思いついたそれを書き留めておこうと思ったが、迫る眠気に耐えきれず、秀尚はそのまま眠りに落ちた。

◆◇◆

ぱちくりさせた。

翌日の昼食時。

お昼ご飯を食べにやってきた子供たちは、どん、と机の上に置かれたそれを見て、目を

「おむすびだ……」

「おむすびです……」

いくつかの大皿に分けて、山盛りにされた塩むすびが置かれていた。

そのお皿の周囲に、自分でトッピングする用の海苔やふりかけ、卵焼きがある。

「今日はおむすびバイキングだぞ」

秀尚は子供たちに向かって言う。

そこに、陽炎に檻から出してもらった結がやってきた。

結は、山盛りにされている塩むすびに一瞬固まった。

だが、すぐに塩むすびの前に座ると「いただきます」もせず――いつもは、みんなが手を合わせて「いただきます」を合唱して食べ始めるのを見てから、食べるのだが――いきなり塩むすびを手に取り、猛然と食べ始めた。

「ゆいちゃん……」

「ゆいちゃん、いただきます、まだしてないよ」

子供たちが声をかけるが、結の耳には届いていない様子で、次々に塩むすびを食べてい

く。

その結の顔は、これまでの感情のほとんど見えない様子と違い、輝くような笑顔だった。

塩むすびを食べるごとに、はらはらとこびりついていた瘴気がはがれ落ちる。

そして、皿に盛られていた最後の塩むすびを結が食べ終えた時、すべての瘴気がはがれ落ちた。

それと同時に、結は普通の子供の姿になり——キラキラとした光る粒子《りゅうし》が結の体の周りを覆ったかと思うと、そのますぅっと輪郭がぼやけて、かき消えた。

「あ……」

それは一瞬のことで、声を漏らした時には、もう、結の姿はなかった。

「ゆいちゃん、いなくなっちゃった」

「ゆいちゃん、どうしちゃったの？」

子供たちが問いながら、部屋の中を見回す。

だが、結の姿はどこにもなかった。

「心残りがなくなって、昇天《しょうてん》したようですよ」

薄緋がそう言った。

「しょうてん……」

「もう、ゆいちゃん、あえないんですか？」

確認するように二十重が薄緋に問い、薄緋は静かに頷いた。

それに、突然萌黄が泣き出した。

「もえぎちゃん、どうしたの？」

「もえぎちゃん、どこかいたいの？」

側にいた浅葱と豊峯が心配して、萌黄に声をかける。

萌黄は泣いて、顔を両手で覆いながら
「ゆ……ぃ、ちゃ……ん、……っ……ゅるし……っ、ゆるして、ぁげれば、よかっ……。ぼく、ゅいちゃ…に、ぃじわる……」

途切れ途切れに後悔を口にし、ぺたんと座り込む。

その萌黄の許に薄緋は歩み寄ると、萌黄の前にちょこんと座り、

「いつでも、許してあげればいいのですよ。急がずとも、萌黄が本当に許せると思った時に……。想いは、すべてを越えて届くものです」

穏やかな声で諭した。

その言葉にも萌黄は号泣して、けれどもこの前のとは違う萌黄の涙に、

——萌黄、それはきっと、いい涙だよ。

秀尚は胸の内で、声をかける。

今はただつらくて悲しくて、胸を刺す痛みしか感じないかもしれないけれど、その痛み

はきっと萌黄を成長させてくれるだろう。

だから、今は泣けばいいと思う。

泣いて、泣いて、泣きやんだら、みんなでご飯を食べよう。

秀尚は、結が食べて上に何もなくなった大皿を手に厨房に戻ると、おひつの蓋を開け、足りなくなった分の塩むすびを作り始めた。


その夜の居酒屋で、結が昇天したことを聞いた常連の稲荷たちは随分と驚いていた。

「それにしても、執着してたのが塩むすびだなんてね……意外だったわ」

時雨が感嘆したように言う。

「シンプルイズベストとは言うけど、加ノ原くん、よくそこに辿り着いたね」

冬雪が言うのに、秀尚は刺身を切る手を止めた。

「結ちゃんの着物からして、あんまり裕福じゃない家で育ったのかなって気がしたし、江戸時代の食べ物で、そういった家の子だったら、凝ったものじゃないのかなって思ったんですよね。あと、めちゃくちゃ腹ペコの時に真っ先に何が食いたいかなーって考えて、俺なら白いご飯だなーって思ったんですよね。昔は白い米なんて、滅多に食べられなかったって聞いたことあったし」

「江戸も中期の都市部じゃ、白米を食ってたが、それ以前や農村部となるとな。今は健康のためには白米よりも雑穀《ざっこく》のほうがいいって、わざわざ白米に麦だのなんだのを混ぜて食べるみたいだが、時代と場所によっちゃ、白い米なんてものは食べられたとして特別な祝い事の時だけだったからな」

陽炎が言う。

「ですよね。だから、そう考えたら、特別な『白い食べ物』って白米のご飯かなって。でも白米のご飯は今までだって普通に出してたから……結ちゃんくらいの年回りの子供なら、おむすびの形にしたほうがいいのかなって」

「そしたらビンゴだったってことかー。大将、すごいね」

感心したように言う濱旭の言葉に、全員が頷く。

「本当に大したもんだと思うわよ。さっすが秀ちゃんって感じ」

時雨が言うのに、秀尚は控えめにありがとうございます、と言ってから、最後の刺身を切り終え、皿に綺麗に盛る。

そして、それをみんなの前にどん、と置いた。

「盛り合わせですね」

「やだ、すっごい豪華じゃない！」

景仙と時雨が即座に反応した。

大皿に盛った刺身は、急遽、本宮の厨に頼んで調達してもらったものだ。

「結ちゃんの成仏のお祝いってことで。……供養《くよう》のほうがいいのかな？」

秀尚が首を傾げるのに、

「お祝いでいいと思いますよ。長く餓鬼として苦しんできて、そこから解き放たれたわけですから」

薄緋が言う。

「そうだね。お祝いだね」

頷きながら冬雪が言い、

「今日はいい酒が飲めそうだ」

陽炎が言うのに、

「あんたはいつもご機嫌で飲んでるじゃない」

と時雨は笑う。

「そりゃあ、酒は機嫌よく飲まないともったいないだろう？　さあ、みんな酒を持て、乾杯するぞ」

陽炎が促す。

それに秀尚も渡されたお猪口を持ち、

「結の脱・餓鬼を果たした祝いに。乾杯！」

陽炎の音頭に続いて「乾杯」とみんなで繰り返し、酒に口をつける。

時折、みんなの料理を作りながら、一口二口、酒を飲んではいるが、やはり今日の酒はおいしいな、と思いながら、秀尚は空になった結の檻を見た。

今朝まではあの中で、ぼんやりと過ごしていた。

あまり言葉を交わすこともなかったけれど、そこにいた存在がいないのは、それがたとえいいことなのだとしても、少し寂《さみ》しい。

でもその寂しさには、晴れやかさも含まれていて。

——結ちゃん、おめでとう。

心の中で、秀尚は祝いの言葉を告げ、酒を飲み干す。

「さあ、今夜は無礼講だ、飲め、飲め」

陽炎の言葉に、宴が華やかに始まったのだった。

八

加ノ屋の耐震工事は、予定より三日ほど遅れたが、無事に終わった。

ちょくちょく様子を見に戻ってはいたが、秀尚と同じくらい様子を見に来てくれていたのは神原だ。

いつの間にかすっかり職人たちと仲良くなっていて、

「ここに、こういうのんつけたら便利になるんちゃうかなーって考えてるんですけど、どういう感じで取りつけたら耐久力あるんやろって悩んでて」

と相談するふりをしつつ、最終的に職人に快くサービスでやってもらう、という荒技を繰り出していて、引き渡しの時点でほぼ神原の思惑どおりに改装は終わっていた。

引き渡しを機に、秀尚はあわいの地から人界に戻り、店の再開に向けての内装の最終作業を神原と二人で行った。

とはいえ、壁紙の張り替えと、簡単な棚作り程度のことだ。

練習に二階の部屋の壁紙を張り替え、慣れたところで店の壁紙を張り替えた。

おかげで、二階の部屋の壁紙は多少の隙間と歪みができてしまっているが、そこでコツを掴んだため、店の壁紙は満足できる仕上がりだった。

こうしてリニューアルした加ノ屋だが、店の全体的な雰囲気は変えない、と事前に決めていたこともあって、「小綺麗になった」という感じで、前と比べて違和感はない。

奥の厨房も、少し動線をいじったが大きな変更はない。

それでも、神原が新たに設置してくれた棚などのおかげで、かなり働きやすくなりそうだった。

そして加ノ屋の営業再開を二日後に迎えた某日、秀尚は仕込み作業をしていた。

「常備菜は……これでOK。スープ用のブイヨンはもう少し煮詰めて……、あ、そろそろチビたちの夕飯作って送らないと……」

壁にかけられた時計を見ると午後五時を少し過ぎていた。

あわいの地の子供たちの夕食は午後六時だ。

いつもはもう少し早く送って、向こうで温め直してもらっているが、今日は揚げたてのから揚げを食べてもらうつもりなので、ギリギリの時間に作る予定だった。

「そろそろ揚げ始めるか……」

油の準備をし、冷蔵庫から下味をつけておいたから揚げ用の鶏肉を持ってくる。

醤油味とシンプルな塩味の二つだ。

居酒屋用には、豆板醤《とうばんじゃん》を入れたピリ辛味も準備してある。

冬雪あたりがまた「太るって分かってるのに……」と呟きながらも、結構な量を食べるんだろうなと想像しながら、熱くなってきた油に菜箸《さいばし》の先を入れる。

菜箸の先から上がる気泡で大体の温度を確認し、鶏肉を順番に入れていく。

油の弾ける音が静かな厨房内に響き、その音の変化や鶏肉の表面の色などで上げるタイミングを見計らう。

「……そろそろだな」

頃合いで鶏肉を油から上げ、油切りのバットに並べていたその時、秀尚はズボンのふともあたりの布が引っ張られるのを感じた。

何かに引っかかったのだろうかと思って、視線を向けた秀尚は、絶句した。

なぜなら、ズボンの布は、何かに引っかかっていたわけではなかったからだ。

引っ張られていた。

誰にかと言えば餓鬼——結に、だ。

「は？　え？　何で？　え、ちょっとマジで何で？　成仏したんじゃないの？」

キラキラ光って感動的に消えたはずなのだ。

あれから一度も戻ってこなかったし、今頃は天界——に行ったかどうかは定かではないが——で楽しく過ごしています、めでたしめでたし、で絵本なら終わるはずなのだ。

──マジで、何……え、夢?

意味が分からず混乱する秀尚に、

「ごはん……おいしい、すき……」

結はほんのり笑顔で言い、秀尚が菜箸でつまんでいるから揚げを指差した。

「たべたい」

「……結ちゃん、ちょっと待ってて」

秀尚はとりあえず油から上げられ待ちの鶏肉をすべて急いでバットに上げた後、一度火を消し、急いで店に置いてある稲荷の神棚に向かった。

その前で手早く二礼二拍手《にれいにはくしゅ》すると、

「ちょっと、陽炎さん! 成仏したはずの餓鬼の結ちゃんが戻ってきてんだけど! すぐ来て! マジで今すぐ来て!」

神棚を通じて緊急連絡を入れる。

すると三十秒ほどで、加ノ屋の引き戸にリンクさせてある時空の扉が開き、陽炎がやってきた。

「おいおい、おまえさん、神棚を電話代わりに使うもんじゃないぜ? 札を渡してあるだろう?」

窘めるように言って入ってきた陽炎に、

「緊急事態なんですって！　ほら！　来て！」

秀尚はそう言って強引に腕を掴むと厨房に連れていく。

結はさっきと同じ位置でぽつんとたたずんでいた。

「おや、これはこれは……、結、元気だったか？」

陽炎は呑気に声をかける。

結はこくんと頷いた。

「そうか、そうか。それは何よりだ」

「そうじゃなくて！　陽炎さん、何でここに来たのか事情聞いてよ！」

どこまでも呑気な陽炎を秀尚はせっつく。

それに陽炎は、

「まったく、せっかちだな、おまえさんは。少しくらい感動の再会を味わってもいいだろうに」

などと言うが、

「感動以前に困惑のほうが強いんですってば！」

秀尚は即座に突っ込んだ。

陽炎はやれやれ、といった様子で結の前で膝を折り、目線を合わせた。

「喋るのは、まだ苦手そうだな。ちょいと額に触れるぞ」

陽炎はそう言うと、結の額にそっと触れる。

「……ああ、そうか。なるほどな、分かった」

すぐに事情を理解した様子で、陽炎は立ち上がる。

「一体、なんで？　まだ成仏できてなかったの？」

問う秀尚に、

「安心しろ、もう餓鬼じゃなくなってる」

陽炎は、まずそう言った。

「餓鬼じゃなくなってんのに。なんで？　餓鬼じゃなくなるってことは食べ物への執着がなくなったってことだから、綺麗な魂になって昇天してハッピーエンドって流れのはずじゃないんですか？」

少なくとも秀尚はそう思っていた。ついさっきまでは。

「餓鬼になった時に抱えてた執着は綺麗さっぱりなくなってるぞ。今はただ単純におまえさんの料理が気に入って『また食べたいから来ちゃった』ってことのようだ」

陽炎の説明に、秀尚は項垂《うなだ》れた。

「マジか……」

「仕方がないだろう、おまえさんの料理はうまいからな。俺たちがストーキングするくらいだ。諦めろ」

顔は見えていないが、陽炎が笑っているのは感じ取れた。

「他人事《ひとごと》だと思って……」

「まあ、アレだ。元餓鬼がいるってことは、多分、腹を空かせた客が今まで以上に増えるっていうか……、茶を飲むだけのつもりで来た連中も、なんでか急に腹が空いて追加注文したりってことになると思うぞ。客単価が上がって儲《もう》かるんじゃないか？」

そうなりゃ、店の工事のローンも早めに返せて万々歳《ばんばんざい》じゃないか、と陽炎は予測を説明してくる。

「陽炎さんがセールストークを繰り出してくる時は、経験上、なんかヤバい気がするんですよね」

信用ならない、といった様子で呟いた秀尚に、

「まったくいつもながら酷《ひど》いことを言うな、おまえさんは」

そう返しながらも陽炎は笑っている。

そして、結は再び秀尚のズボンを引っ張り、もう片方の手で油切りバットを指差し、言った。

「ごはん……」

それに「ああ、もう……」と胸の内で嘆息しながらも、秀尚は鶏肉をつまようじで刺して取り、結に差し出す。

「つまようじ、尖ってるから気をつけて。鶏肉も、中、熱いからね」

秀尚の言葉に結は頷くと鶏肉を受け取り、一口で頬張る。

満足そうな笑顔を見せる結に、秀尚は、なんだかなぁ、と思いつつも、嫌な気分ではなくて、そんな自分が不思議だった。

「今日の子供たちの晩飯はから揚げか。今夜の店でも出るのか？」

バットに並んだから揚げを見やって、陽炎が問う。

「出ますよ。大人用にはピリ辛味を準備してます」

「そいつは楽しみだ。まだもう少し仕事が残ってるから、俺は戻るぞ。結、また後でな」

陽炎はそう言って結に手を振ると、急いでいるのか、時空の扉を使わずに、術を使ってその場からすぐに消えた。

秀尚が渡したから揚げを食べ終えた結は、

「……おいしい、おかわり」

あわいの地にいた頃には言わなかった新単語「おかわり」を放ってきた。

——まったく、もう……。

そう思いながら、

「結ちゃん、少し待ってて。ちゃんと一人前のご飯準備するから」

秀尚は結をイスに座らせて待たせ、結の分の夕食も準備するのだった。

◆◇◆

「かのさーん」

「かのさん、きましたー!」

数日後、休日の加ノ屋の二階に子供たちの声が響き渡った。

今日も今日とて、押し入れの襖とリンクした萌芽の館から、子供たちが遊びに来たのである。

「おう、いらっしゃい」

わらわらと順に入ってきた子供たちに、こたつで暖を取りながら秀尚は出迎えの言葉をかける。

だが、子供たちは、秀尚と同じくこたつに足を突っ込んでちまっと座りミカンを食べている結の姿を見つけると、

「ゆいちゃん!」

「ゆいちゃん、いた!」

「ホントだ、ゆいちゃん、いたー！」

一斉に結の許に駆け寄った。

「ゆいちゃん、きゅうにいなくなっちゃったから、おどろいちゃった」

「かのさんのおうちのこになったの？」

「またあそべるね！」

続々と再会を喜ぶ言葉を口にする子供たちのテンションに、元々は大人しい性格らしい結は戸惑っている。

結は、加ノ屋にずっといるわけではなかった。

時々、自分のペースでお腹が空くとやってきて、ご飯を要求してくる。

結がいると、陽炎が言ったとおり、ランチタイム後にやってきた客も、もれなく軽食を頼んでくるので客単価が上がり、秀尚にとっては福の神といったところだ。

とはいえ、あわいの地でドリアやパスタなど、いろいろなものを食べさせていたせいで、結はそれらの味に目覚めてしまっていて、

「……ぐらたん、すき」

などと、要求してくるようにもなっていた。

――いろいろ食べさせすぎたな、マジで……。

そう思うが、胃袋自体は普通の子供と変わらないようで、さほどの量を食べるわけでも

ないため、経営的には特に困らないから、かまわないのだが。

一通り、結との再会を喜んだ子供たちは、昼食までの時間を思い思いに過ごす。

その中、結との再会の光景を遠巻きに見ていた萌黄は、少し成長して大きくなった寿々を抱いて、結の隣に座った。

そして、こたつの上の籠からミカンを手に取ると、

「むいてあげます。いっしょにたべましょう」

そう言って、ミカンを剥き始めた。

——萌黄……。

許してあげればよかった、と泣いていた萌黄は、もう後悔したくないと思ったのかもしれない。

「しろいすじもたべると、からだにいいんですよ。はい」

そう言って、剥いたミカンを結に渡す。

「……あり、がと……」

相変わらずぽつぽつとした口調だが、以前よりは柔らかい表情で言う結に、どういたしまして、と返しながら萌黄はもう一つミカンを取り、今度は自分用に剥き始める。

その様子に微笑みながら、秀尚はこたつから立ち上がると、

「さて、今日も飯作り、頑張りますか！」

そう言って、厨房に向かったのだった。

おわり

番外編

ゆきのひのおはなし

「あ、なにかふってきた」

京都《きょうと》某所、山の麓よりはやや上、中腹よりはやや下という微妙な場所で営業している食事処「加ノ屋《かのや》」。

店主である加ノ原秀尚《かのはらひでひさ》が一人で切り盛りし、毎週水曜日は定休日、隔週で火曜も休みになる店だが、なかなか結構な繁盛具合を見せている。

今日は水曜日。

定休日なのだが、秀尚の生活スペースになっている二階には、小さなお客さんたちが来ていた。

小さなお客さんたちは、四、五歳といったところだろうか。

どの子も非常に愛らしいのだが、その愛らしさを際立てているのは頭の両横から立派に生えている耳だ。

いや、耳は基本、誰にでもあるものだろう。

だが、この子供たちの耳は違う。

ふわっふわの毛が生えた耳なのだ。

そしてお尻のあたりからは耳と同じくふわっふわの尻尾が生えている。

コスプレではない。

生耳、生尻尾である。

なぜなら彼らは人ではないからだ。

将来、稲荷神《いなりがみ》となる素質を秘めた狐で、人の姿に変化しているのである。

ただ、まだ力が弱いので耳と尻尾を隠すことはできず、というかちゃんとした大人の稲荷——正式には稲荷神ではなく「神使《しんし》」なのだが——も、耳と尻尾を出したままでいることが多いので、どうやら、耳と尻尾を隠すのはなかなか力のいることらしい。

さて、一人が発した「なにかふってきた」という言葉に、子供たちは全員、裏庭に面した窓に貼りついた。

「ほんとだ、しろいのが、ふってきてる」

「ふわふわしたの、ふってる」

秀尚にとって、雪はさほど珍しいものではないが、子供たちにとってはそうではない。

彼らは加ノ屋に住んでいるわけではなく、普段は「あわい」と呼ばれる、人の住む世界と神の住む世界の狭間にある空間で暮らしている。

秀尚は一度その「あわい」に不可抗力で行ってしまったことがあり、その際に彼らと知り合って以来、懐かれていて、こうして人界に戻った今でも、ちょくちょく遊びに来ている…ということなのだ。

「あー、本当に雪だな」

窓に貼りついて外の様子を見ている子供たちを眺めながら、窓の外にも視線を向けた秀尚は呟くように言った。

その言葉に、

「ゆきってなんですか？」

そう聞いたのは、萌黄《もえぎ》という子供だ。

子供たちはわくわくした表情で秀尚に注目する。

彼らの住まいのあるあわいの地には、季節がない。

四季折々の花がすべて咲き乱れ、実をつけるものはすべて実をつける不思議な空間だ。

夏や冬の厳しい暑さも寒さもないのは、過ごしやすさという点ではいいのだが、季節感が皆無なので、雪は初体験だったらしい。

「元々は水だな。水って、ゆきんこちゃんたちが冷やしてくれると氷になるだろ？　雪はその間みたいなもんっていうか、冬は寒いから雨として降るはずの水が、雪になるんだよ」

説明して、これで大丈夫だったかな、と秀尚は悩む。

子供の疑問は、時々答えるのが難しいものが多いのだ。

「じゃあ、あめの、すごくつめたいのってこと？」

萌黄の双子の兄弟である浅葱《あさぎ》が問う。

「そういうことかな」

「あ！　『ゆきんこ』ちゃんの『ゆき』って、その『ゆき』？」

思いついた！　という様子で言うのは、豊峯《とよみね》だ。

「そういうこと。だから、ゆきんこちゃんたちは冷凍庫からあまり長い時間出ていられないんだよ。あわいは暖かいからね」

「だから、みんな、はこのなかであそんでるんだー」

「ゆきんこちゃんと、いっしょにあそびたいけど、うすあけさまがだめっていうもんねー」

十重《とえ》と二十重《はたえ》の双子姉妹が納得した様子で言う。

二人にとって、女の子ばかりのゆきんこちゃんたちは、妹分のように思えているのかもしれないが、お人形遊びの相手にしたいだけかも、とも思う。

なぜだか、稲荷になる素質を秘める者というのは大半が男で、女子はかなり少ないらしいのだ。

加ノ屋ではほぼ毎夜、大人稲荷たちがやってきて、厨房が居酒屋状態になる。

そこでも最近、一番あがる議題は「女子少なすぎ問題」だ。

一割いるかいないかというレベルらしいのだ。

よって、女子稲荷を巡っては、男稲荷の間でものすごい勢いの争奪戦が繰り広げられるらしい。

十重と二十重の二人も、今はまったく性差なく他の子供たちと一緒になって微笑ましく遊んでいるが、年頃になれば争奪戦の対象になることは間違いない。

——そう思うと、今の関係性って貴重なんだろうなぁ……。

相変わらず窓に貼りついている子供たちを見ながら、秀尚は思った。

そんなわけで、今日も今日とて夜の居酒屋は「女子少なすぎ問題」が話題に上った。

「ハロウィン、クリスマス、バレンタイン、ホワイトデー。人界だと秋冬シーズンはカップル行事が目白押しになっちゃうのよねぇ」

そう言うのは人界で『人の動向を探る』という任務のために、人に交じって生活し、普通にサラリーマンをしている稲荷の時雨《しぐれ》だ。

人界に行った当初は普通の男稲荷だったのに、テレビの影響でオネエ言葉を操るようになり、会社でもオネエキャラが浸透しているため、男性社員と女性社員の橋渡し役のような感じで重宝されているらしい。

「ハロウィンってカップル行事だっけ?」

首を傾げるのは、同じく人界で働く濱旭《はまあさひ》だ。

「カップルで仮装して盛り上がるみたいよ?」

「じゃあ、俺も稲荷の姿で出歩いてみるか」

あわいの地の警護をしている陽炎《かぎろい》が言えば、

「ハロウィンって、西洋の行事だろう? 稲荷の姿は浮かないかい?」

そういう問題じゃないということに気づいているのかいないのか、同じくあわいの地の警護をしている冬雪《とうせつ》が問う。

「まあ、日本《にほん》に持ち込まれた時点でただの仮装のお祭りになっちゃってるから、珍しがられるだろうけど、和のものだと百鬼夜行《ひゃっきやこう》って感じになるんじゃない?」

「百鬼夜行って言葉になると、途端にカップル感皆無になるよねー」

時雨の言葉に濱旭は言いながら、酒のつまみとして出していたカルパッチョ風の刺身を食べて、

「普通にカルパッチョ風かと思ったら違うね! 梅肉とゴマ油……? おいしい!」

目を見開いて言う。

「ゴマ油と亜麻仁《あまに》油使ってます。体にいい油らしいんで、試しに小さいボトルを買ってみたんです」

秀尚の説明に、

「亜麻仁とエゴマは、糖質制限ダイエットやってる会社の女の子たちが積極的に摂ってる

感じだわ」

　時雨が頷きながら言う。

「時雨殿は人界で女の子と接する機会は多いだろう？　会社にもたくさんいるみたいだし、そういう相手はいないのかな」

　冬雪が不思議そうに聞く。

「ないわねー。お友達はたくさんいるのよ？　それこそ女子会に呼んでくれちゃうレベルでシンパシー感じられてるっていうか」

　つまり女性社員からは「頼れる時雨姐《ねえ》さん」といった様子で同性扱いに近く、そういう意味では人界でも縁遠そうだ。

「濱旭殿はどうなんだい？」

　今度は陽炎が濱旭に振った。

「あー、無理かなー。仕事が忙しすぎるんですよね、今の会社。出会いの場に行く気持ちの余裕もないいし、そんな時間あったら、ここで大将のご飯食べたいって思っちゃうんで」

「分かる。俺も、夜勤でここに来られない時はちょっとテンションが下がるからな」

　濱旭の言葉に陽炎は深く頷き、冬雪と時雨も同じく頷いた。

「なんか、この流れって、皆さんの『縁遠い問題』が俺の責任に発展しそうで怖いんですけど」

秀尚は苦笑しながら、次の料理の肉じゃがを出す。

「甘い匂いがしてたから何かと思ったが肉じゃがか。いいねぇ」

陽炎が早速、自分の取り鉢に取り分ける。

「寒いと温かいものがいいよね」

「独身稲荷の心と体を温める料理を作ってくれるのも男ってところがつらいけど、胃袋はガッツリ満足だわ」

冬雪と時雨もそう言いながら順に取り分けた後、最後に濱旭が取りながら、

「景仙《けいぜん》殿の奥さんの香耀《かよう》殿は料理作んないっていうし、女稲荷は別宮勤務が多いから、激務すぎて家事に手が回らない人多いって言うよね」

と、呟いた途端、陽炎、冬雪、時雨はため息をついた。

「そうなんだよね……、まあ、僕たちは基本的に食べなくても平気だから、そういう意味じゃ、奥さんになる人がご飯作らなくてもいいんだけど」

冬雪が言うのに濱旭は、

「でもさー、おいしいものの味を知っちゃうとなぁってところない？　まあ、人間の女の子でも家事が得意って子ばっかりじゃないだろうし、こっちで結婚してもどうかなーとは思うけど」

微妙な顔で言う。

「まあ、そこはアウトソーシングって手もあるわけだけどね」

時雨が目を輝かせ、秀尚を見た。

「どうしてそこで俺に話を振るんですか」

「しょうがないじゃない、胃袋掴まれちゃってるんだもの」

時雨が笑って返し、

「確かにそうだな。おまえさん、稲荷相手に宅食《たくしょく》やったらどうだ？　儲かるぞ」

さらに陽炎が笑いながら提案してくる。

「みんなから送り紐を預かって、かい？　配るのは手間なさそうだね」

冬雪が言うのに、

「そうなったら、居酒屋閉店になりますよ。俺も休み時間は欲しいんで」

秀尚が返すと、

「じゃあ、宅食は却下だ。ここは俺たちの癒しの場だからな」

言いだしっぺの陽炎の言葉に、全員がまた頷いた。

その結論になんだかなぁ、と思いながらも、

「さっきの濱旭さんの言葉でちょっと疑問っていうか、思ったことあるんですけど、皆さんって、普通の人間と結婚したりもできるんですか？」

秀尚は聞いた。

「できるぞ。実際に所帯持ってる稲荷もいるからな」

さらりと陽炎が答えた。

「できちゃうんだ……。えっと、その場合、相手は稲荷だって分かった上で結婚してるわけですよね？」

問い重ねた言葉に、全員が多少微妙な顔をした。

「……あ、伝えないままってケースもあるんだ……」

「まあ、稀に、だよね？」

冬雪が取り繕うように言う。

「そう、稀に、よ」

「いろいろデリケートな問題だからな」

「だから、独身が多くなるか、稲荷未満の女の子と結婚しちゃう稲荷が多いよね！」

話を逸らすように濱旭が言う。

どうやら、稀なケースで問題が起きたらしい。

これ以上は聞いても答えてもらえないだろうと察して、秀尚は濱旭が水を向けたほうに流されることにした。

「稲荷未満ってことは、普通の狐さんでもないってことですか？」

「そうそう。まあ、普通の狐と結婚する稲荷もいるがな。俺たちも元々狐だから、そこは相性が合えば問題ないし」

「普通の狐以上、稲荷未満ってなると女子も多いっていうか、半々くらいなのよね。そこから稲荷としての能力を開花させるってなると女子が少なくて、その代わりなのかどうか分からないけれど、女子は七尾以上確定みたいな感じよ」

秀尚の問いに陽炎と時雨が説明してくれる。

「じゃあ、十重ちゃんと二十重ちゃんも、将来は七尾以上になるんだ……」

「多分ねー」

相槌を打った濱旭に続いて、

「今のうちに、唾をつけておいたほうがいいのかな？」

冬雪が言うのに、

「「「犯罪」」」

陽炎、時雨、濱旭の三人が声を揃えて突っ込む。

「みんな、容赦ないね」

「冗談でもアウトな発言よ？　それに、ここに来る独身稲荷は全員、寒い思いしてればいいのよ」

抜け駆けは許さないとばかりに、時雨が若干やさぐれた様子なのに、

「あ、そういえば来週からすっごく冷え込むってね。今日もちらついてたけど、雪、積も

るかもって」

濱旭が思い出したように言う。

「やめてよー、身も心も寒いなんて。人の体って毛がないから、この時季ホントつらいのよね」

「あー、俺、寒すぎて朝起きたら狐に戻ってることあるよー」

「あるある。リアルファーが暖かすぎて、人の姿になるの嫌になるわよね。このままで出社したいなーって思ったこと何度あるか……」

人界暮らしの二人は、ため息をつき合い、陽炎と冬雪の二人は「頑張れ」と無責任なエールを送るのだった。

◆◇◆

濱旭の予言（?）どおり、週が明けると雪が降った。

そして見事に積もり、加ノ屋周辺もすっかり雪景色となった。すべてが雪で白く覆われた光景は幻想的にさえ見える。

雪はたまにやむものの雨になることはなく、ちらちらと降り続け、そしてやってきた加ノ屋の定休日。

「わぁぁぁぁ」

「まっしろー！」

二階の押し入れの襖から出てきた子供たちは、窓の外に広がる雪景色に即座に興奮モードに入って窓に貼りつく。

興奮しすぎて、中には人の姿なのに顔や手足だけが狐に戻ってしまった子供もいるくらいだ。

「まるで、おそとがぜんぶ、かきごおりになったみたい……」

浅葱が呟くと、

「かきごおり、だいすき！」

豊峯が声を上げ、そして秀尚を振り返った。

「かのさん、しろっぷかけたら、たべられる？」

目をキラッキラさせて問うその言葉に、他の子供たちの目もキラッキラする。

「んー、やめたほうがいいかな。雪は、食べるようにはできてないから」

秀尚が言うと、みんな一斉にため息をつく。

「えー、たべられないのかー」

「おいしそうなのにねー」

まだまだ食い気の強い子供たちに秀尚は苦笑しつつ、

——寒い時に冷たいものを食べたいと思えるって、若さの特権だよな……。

そんなふうに思う。

「おにわ、いっちゃだめですか？」

相変わらず寿々《すず》の入ったスリングを身に着けた萌黄が問う。

寿々はあれから少し大きくなったので、スリングの膨らみも以前より大きい。そして今は起きているので顔を覗かせていた。

前はほとんど寝て過ごしていた寿々だが、今は起きている時間が増えて、その間はこうして顔を出していることが多い。しかし、顔を出したまま寝ていることも多い。

まぁ、その姿も可愛いのだが。

「庭かぁ……」

秀尚は難色を示す。

生耳、生尻尾の関係上、子供たちを気軽に外に出すわけにはいかない。

加ノ屋の裏庭は広く、参拝道からは外れているし庭を囲う植え込みがあるうえ、奥のほうがちょっとした崖状の段差になっているので、人目につきづらくなっている。

そのため、以前、一度だけ子供たちをそこで遊ばせたことがあったが、その時でも耳と尻尾は陽炎に頼んで隠してもらっていた。

「薄緋《うすあけ》さんに聞いてみて、いいって言ったらね」

　秀尚の言葉に、

「じゃあ、うすあけさまにきいてくる！」

「ぼくも、いっしょにいく！」

「じゃあ、ぼくも、ぼくも！」

　そう言って、押し入れの襖目がけて走り出したのは豊峯と浅葱、そして殊尋《ことひろ》の三人だ。

以前は浅葱が行けば萌黄もついていっていたものだが、今は寿々のお世話を第一に考えているので、元々のインドア気質も高じて、こういう時でも大人しく待っているようになった。

　それでも萌黄は、以前のような自分を責めている様子は最近ではかなり少なくなり、寿々の成長を楽しみにしているようだ。

　あわいに戻った三人は、すぐに戻ってきたが、予想と違い、四人になって戻ってきた。

増えたのは無論、薄緋だ。

「何かあったんですか？　子供たちがすぐに来てくれとせがんできましたが……」

　そう言って部屋に入ってきた薄緋も、寿々と同じく成長していた。

　幼く、稲荷としての力もまだまだなかった寿々は成長が遅いのだが、稲荷として力のあった薄緋は順調に妖力が戻っているらしく、成長度合いが早い。

今は小学校低学年から中学年くらいの子供の姿だ。

「ゆきがふってるんです！」

「まっしろです！」

浅葱と殊尋が薄緋の手を引っ張って窓際に連れていく。

「ああ……、本当ですね。美しいものです」

窓の外の景色に薄緋が微笑む。

幼い姿の頃から美少女っぷりを発揮していたが、やや成長した今の薄緋の美少女っぷりは、多分、外に連れ出したら即座に芸能界へのスカウトが殺到する勢いだ。

まあ、大人だった頃にも美人系男子だったので、今の美少女っぷりはさもありなんと言ったところではあるのだが。

「おにわにでて、ゆきをさわってみたいです」

「うすあけさま、おにわにでちゃ、だめですか？」

どうやら薄緋に雪景色を見せてプレゼンするつもりで連れてきたようだ。

薄緋は少し首を傾げて「さて……」といった様子で子供たちを見た後、視線を秀尚へと向けた。

「困りましたね……」

薄緋が発したその言葉は、正直意外だった。

薄緋は割合、いつも物事を簡潔に決める。

ダメならダメ、とはっきり言うタイプなのだ。

この場合「人界で人と会ってしまう外に出るのはダメ」と言ってしまえばすむというか、実際の懸念があるわけなので、薄緋ならあっさりそう言うだろうと思っていたが、「困る」というのは意外だった。

「加ノ原殿は、前のようにこの子たちの耳と尻尾を隠すことができれば外に出してやってもいいと考えたのでしょう?」

その言葉に秀尚は頷く。

「まあ、そうですね……」

「この子たちも、前回そうやって外に出してもらいましたから、今回も当然、そうだと思っているでしょうし……。ただ、残念ながら今の私にこの子たちの耳と尻尾を隠してやれる力はありませんし、こういう時のいい共犯になる陽炎殿は、今日は本宮に呼び出されていますから……」

薄緋の説明に頷いた秀尚だが、

「っていうか、共犯?」

薄緋の言葉に含まれていた言葉に引っかかって問い直した。

「ええ。何かあった際に責任を取るのは固定のほうがいいでしょうから……こういった場合は前回、甘い判定をした陽炎殿に任せるのがよいかと思いますので…。私は聞かなかったという体《てい》にすれば」

——結構酷いこと言ってる気がするんだけどな……。

薄緋の返答に秀尚は内心でそう思う。

「まあ、この雪ですし、この庭は人目につきづらいところにあるようですから、少しくらいなら、と思わなくもないのですが……万が一ということもありますから、悩ましいですね」

薄緋は思案する顔をしてから、

「天気予報はどうなってるんですか？」

と、突然聞いてきた。

「あー、ちょっと待ってくださいね」

秀尚はそう言って、こたつの上に置いてあった新聞を手に取り、天気予報を見る。

「えーっと今日はずっと雪マークですね…ああ、明日もだ……」

あんまり積もると厄介だな、と思う。

今日と明日は定休日だからいいが、明後日は客のために雪かきをしておかなくてはならないだろう。

それに、加ノ屋から幹線道路までの道は、山の上にある神社への参拝客か、加ノ屋の客しか通らない。

この雪、そして定休日だとそのどちらもないので、秀尚が買い出しのために車を出すまで、雪が積もりっぱなしだろう。

——車にチェーン巻いとかないとなぁ……。

あまり雪が深くなると、チェーンで巻いただけでは難しくなる。

もしかしたら、幹線道路に出るまで、延々雪かきをしないといけないかもしれないのだ。

——それは勘弁被《こうむ》りたい……。

秀尚が自分に振りかかる受難に思いを馳《は》せていたのは数秒だったが、その間に薄緋はあることを思いついたらしく、子供たちに提案した。

「雪は明日まで降るそうですし、監督役をしてくれる陽炎殿もいらっしゃいませんから、みんな今日はおうちで遊んでいなさい」

「えー……」

「おにわ、だめですか?」

子供たちが悲しげに言う。

「今日は、です。その代わり、明日は好きに庭で遊ばせてもらいなさい。今日は、明日何をして遊ぶのか、計画を練ってはどうですか? 雪遊びにどんなものがあるのか、加ノ原

黄だ。

薄緋の言葉は信じられないわけではないだろうが、心配で確認するように聞いたのは萌

「ゆき、なくなったりしませんか？」

殿に聞くといいですよ」

「大丈夫ですよ。明日の計画をゆっくりと立てなさい」

再度薄緋に言われ、子供たちは、窓の外の雪に未練を見せつつも、大人しく従う。

「では、加ノ原殿、そのつもりでよろしくお願いします」

薄緋は秀尚にそう告げて、押し入れの襖からあわいの地に帰っていった。

子供たちは窓の外をちらちら見ながら、

「かのさん、ゆきあそびって、どんなのがあるの？」

豊峯が聞いた。

「いろいろあるぞ。雪だるま作るのは定番だし、雪合戦とか、雪の量が多かったらかまくらってのを作ったり」

秀尚は思いつくポピュラーなものの名前を上げていくが、子供たちはピンとこない様子だ。

そこで秀尚はこたつ机に向かうと、新聞広告の裏が白いものを手に取り、そこに雪だるまとかまくらの絵を描いた。

「こっちが雪だるまで、こっちがかまくら」

その絵を見た瞬間、

「あ！　しってる！」

「えほんにでてきたね！」

「ゆきだるまの『ゆき』も、ゆきんこちゃんの『ゆき』とおなじだったんだ……！」

衝撃の事実に気づいた、という様子で口々に声を上げる。

「えほんで、ほかになにしてあそんでたっけ？」

「えっとねー、そりと、すけーとと……えほん、とってくる！」

思い出すより、その絵本を取ってきたほうが早い、と、フットワークの軽いさっきの三人が再びあわいの地に戻っていく。

「じゃあ、とりあえずみんな雪遊びの計画立てといて。俺、みんなのお昼ご飯作ってくるから」

秀尚はそう言って、一階の厨房に下りた。

◆◇◆

翌日、子供たちは待ちかねたように訪問時間ちょうどにやってきた。

もちろん、こういう事態の場合の共犯者である陽炎も一緒に、だ。

「こりゃあ、見事な雪景色だねぇ」

窓の外の光景に、感嘆したように陽炎は言った。

昨夜も居酒屋に来ていた陽炎だが、その時間には外は真っ暗で雪の状態はよく見えなかったのだ。

「かぎろいさま、すごいでしょ！」

「おみみとしっぽ、はやくかくしてください！」

待ちかねた様子で子供たちは言う。

「分かった、分かった。そう慌てなさんな。さ、順番に並んで」

陽炎の言葉に、子供たちは一斉にシュッと一列に並ぶ。

その子供たちに、陽炎は順番に術をかけて耳と尻尾を隠してやった。

「さ、でき上がりだ。……ああ、萌黄、寿々は俺が預かろう」

陽炎はそう言うと萌黄の前にしゃがみ込んで言った。

「だいじょうぶです。すーちゃんもいっしょに、あそべます」

スリングの隙間から顔をちょこんと出している寿々を見ながら萌黄は言うが、

「寿々はまだ小さいからな。おまえさんたちと同じ時間、ずっと寒い場所に出てちゃ体に悪い。寿々を一緒に遊ばせてやりたい時は、おまえさんを呼ぶから」

陽炎はそう説得する。

寿々の体に悪い、というのは確かにそうなのだろうが、大半の理由は寿々と一緒では萌黄が思うように遊べない、ということだろう。

少し成長した分、寿々は重くなった。

その寿々をずっと抱いて遊ぶのは、萌黄の小さな体には負担が大きすぎる。

普段の生活でも、その負担は徐々に増えてきていて、萌黄の気持ちを尊重しつつ、あの手この手で寿々を大人が預かる機会を増やしているところである。

「わかりました……」

寿々の体に悪いと言われては仕方がないので、萌黄はスリングを外して陽炎に寿々を託す。

「確かに預かった。じゃあ、みんな、庭に行くか！」

陽炎の号令《ごうれい》に子供たちは嬉しげに声を上げ、階段を下りて厨房から裏庭に出た。

「わぁぁぁぁ」

裏庭に通じるドアを開けた瞬間、子供たちからは歓声が上がる。

その中、真っ先にかけ出したのは狐姿の二匹だ。

「つっめたーい！」

「ほんとだ、つっめたーい！」

親切にテンテンと足跡を残しながら庭の真ん中あたりまで行った二匹は、そこでヒャッハー！　とでも擬音がつきそうな勢いで何度も跳ねる。

それを見て、子供たちも一斉に駆け出した。

「あるくと、へんなかんじする！」

「ほんとにつめたい！」

初めての雪の感触に声に子供たちははしゃぐ。だが、陽炎は、

「じゃあおまえら、ゆっくり楽しめ」

そう言うと裏口の扉を閉めた。

「……いいんですか？　子供たちの様子を見てなくて」

「大丈夫だ。監視用の『目』は残してある」

「『目』？　え？」

陽炎の発言に一瞬、どちらかの目を外して置いてきたのだろうかと焦ったが、陽炎の両方の目はちゃんと揃っていた。

「そういう意味じゃない。まあ、術で監視カメラを作って子供たちの様子はモニターしてるってところだ。しかし、冷えるねぇ……。これだけ冷えるなら、ゆきんこちゃんたちを

連れてきても大丈夫だと思うか？」

不意に聞かれ、秀尚は首を傾げた。

「え？　ゆきんこちゃん？」

どうしてここで急にゆきんこたちの話題になったのかが分からなくて、秀尚は首を傾げる。

「あの子たちも、普段は箱の中に閉じこもりきりだろう。雪が溶けない今日の気温なら、あの子たちでも外に出て大丈夫じゃないかと思うんだが、どうだい？」

「ああ……、それもそうですね。外に出て思いきり遊んでもらうのはいいかもしれません。いつもお仕事頑張ってくれてるし」

秀尚がそう返すと、陽炎は、じゃあ早速行ってくる、とあわいの地に戻り、少しして箱を持って戻ってきた。

「連れてきたぞー」

「全員ですか？　冷蔵庫の中の子たちも」

「当たり前だ。不公平があってはならんからな」

陽炎はそう言いながら、裏庭へと向かう。

裏庭では子供たちが思い思いに雪で遊んでいて、小さい雪だるまが既にいくつも並んでいた。

「みんなー、今からゆきんこちゃんたちも一緒に遊ぶからな」

陽炎の言葉に一番喜んだのは、十重と二十重の二人だ。

「ゆきんこちゃんだ！」

「いちど、ゆきんこちゃんといっしょにあそびたかったの！」

そう言って陽炎に近づいていくが、陽炎は子供たちが思い思いに駆け回っている場所に、小さなゆきんこを出すことに危険を感じた。

子供たちがゆきんこたちに気づかず、蹴《け》ってしまったりする可能性が高いのだ。

陽炎は周囲を見渡して、まだ誰の足跡もついていない場所を見つけた。

そこは以前の住人である大家夫人が小さな花壇を作っていた場所で、ブロックで区切られ一段高くなっていた。

秀尚はまだそこに何も植えていないが、宿根草《しゅっこんそう》の花が季節になると咲いていた。

今は枯れてしまって地上部分には何もないので、他の場所と同じく平らで、そこに雪がこんもりと積もっている。

「はい、みんなちゅうもーく！」

陽炎は大きめの声で子供たちの注意を引くと、その場所を指差した。

「この一段高くなってる場所は、ゆきんこちゃんたちのエリアだから、この上で走り回ったりしないこと。ここの雪が欲しい時はゆきんこちゃんたちに聞くこと。いいかー？」

陽炎の言葉に子供たちは全員いい子で「はーい」と手を上げて返事をする。

それを確認してから、陽炎はゆきんこたちの入った箱の蓋を開けて一人ずつ順に箱の外へと出してやった。

ゆきんこたちは嬉しそうに跳ねながらも、全員が出てくるまで一ヶ所に集まって待ち、全員が揃ったところで、陽炎と秀尚にぺこりと頭を下げた。

「礼には及ばんぞ。いつもよく働いてくれてるからな」

「今日はゆっくり遊んで」

陽炎と秀尚が言うと、こくこくと頷いてから、一斉に散り散りになった。

普段、箱の中では存分に走り回ったりできないからか、とにかく雪の上を走り回り、花壇の上はゆきんこたちのドッグラン状態になっていた。

「喜んでくれてるみたいですね、よかった」

秀尚が言うのに、陽炎は頷き、

「可愛いもんだ」

と、ゆきんこたちが群がったり散らばったりしながら遊んでいる様子に目を細める。

「じゃあ、陽炎さん、そろそろ戻ってもう一仕事しましょうか?」

秀尚が言うのに、陽炎は首を傾げた。

「ん？　どういう意味だい？」

「どういう意味って、ゆきんこちゃんたち、全員連れてきたんですよね？」

「ああ」

「ってことは、厨房の食材、誰も冷やしてないんでしょう？　それ、こっちに全部運んでもらわないと、溶けちゃったり、傷《いた》んだりするんで」

秀尚の言葉に陽炎は衝撃を受けたような顔をした。

「ああ……、そういう問題が残ってたのか」

「……そういう問題が発生するってことに、気づいてなかったんですね？」

突っ込むと陽炎は苦笑いをした。

「順に運んでくるとするか。……いやぁ、盲点だったな」

「相談してもらえてよかったです。大惨事になるところでした」

冷静に言った秀尚に、陽炎は、ハハ、と笑うと「じゃあ、もう一仕事するか」と言って加ノ屋の中に戻り、秀尚もそれに続いた。


ノンストップの勢いで雪遊びを楽しんでいた子供たちだが、

「みんなー、昼飯の時間だぞー」

秀尚が呼ぶと、空腹には勝てなかったのか一斉に戻ってきた。

「今日は全員、カレーうどんにしたよ。準備できてるから、順番に手を洗って、お店に行って」

秀尚が言うと、子供たちは厨房の流し台で順番に手を洗って、店に行く。だが、一人目が店に行ったところで、

「あ、ゆいちゃん！」

声を上げた。

その声に秀尚が店に行くと、元餓鬼《がき》の結《ゆい》がいつの間にか来ていて、カレーうどんの並んだテーブルの前の座布団にちょこんと座っていた。

「……ごは、ん…、おうどん……」

「結ちゃん、来たのかー。ちょっと待ってな。すぐに結ちゃんの分も作るから」

秀尚が言うと、結はこくりと頷いた。

結は元餓鬼だが、あくまでも「元」なので、置いてある料理に勝手に手をつけたりはしない。

待てば、ちゃんと自分の分が用意されることを知っているからだ。

「みんなはうどん伸びちゃう前に先に食べてて」

秀尚が言うと、

「いや、俺の分を結に回そう。待たせるのは可哀想だからな」

陽炎が自分のうどんを結の前に置いた。

「ぁりがと……」

まだたどたどしい口調で結は礼を言う。

その頭を陽炎は撫でた。

「ゆいちゃん、おそと、ゆきふってるからごはんたべたら、おそとであそぼ！」

「ゆきがっせんしよ！」

子供たちが結を誘うのを聞きながら、秀尚は陽炎の分のうどんを作りに厨房に戻った。

萌黄も、結に対するわだかまりのようなものは随分と薄くなった様子で、「仲がいい」という感じではないが、まったく「普通」に接しているように見える。

——結ちゃんが来るようになったのは驚いたけど、萌黄のためにはよかったたな……。

秀尚はこっそり思う。

薄緋は順調に回復しているし、寿々も少しずつだが大きくなっている。

いろいろと大変なことはあったし、悲しい思いをした者も多いが、結果オーライとは行かないまでも、まあまあいいところに落ち着いたのかな、と感じていた。

◆◇◆

お昼ご飯が終わると、雪遊び午後の部が始まった。

結も子供たちに連れられて外に出て、見よう見真似で雪だるまを作り、寿々も陽炎と一緒に外に出た。

陽炎は午前中は思いのほかの寒さに、ずっと厨房のストーブの前から動かなかったのだ。

午後になり、多少気温が上がったことと、カレーうどんに多めに香辛料を入れて体がポカポカとしてきたのもあって、寿々を連れて外に出た。

「さぁ、寿々、初めての雪の上だぞ」

陽炎がそう言って寿々を雪の上に置くと、寿々は予想外の冷たさに、ぴゃっと鳴いて、前と後ろの脚をじたばたさせた後、陽炎の足の上に乗った。

「すーちゃんには、ちょっと衝撃的な冷たさだったみたいですね」

「手袋と足袋を嵌《は》めさせてやればなんとかなりそうなんだが」

そう言う陽炎に、

「手袋を買いに行って、狐のほうの手を出して『この手にちょうどの手袋をください』っていうパターンですね」

秀尚が童話の内容を持ち出すと、

「寿々の場合、リアルでやりそうで洒落《しゃれ》にならんぞ。『すーちゃん、てぶくろほしいの』って戸の隙間から狐の手を差し出すんだろう?」

陽炎もその童話を知っているのか、笑いながら返してきたが、

「うわ、陽炎さんのすーちゃんの声音、似てなさすぎて酷い」

秀尚は容赦なく突っ込む。

「おまえさん、俺に対しての当たりがちょっと強くないか?」

怪訝な顔で問う陽炎に、

「気のせいですよ? さ、俺、おやつ作りに中に戻りますね。すーちゃん、連れて戻りましょうか?」

秀尚は軽くかわしながら、問う。

「いや。みんなが遊んでるのを見るのは楽しいようだから、しばらくここで見学させておく」

陽炎はそう言うと、陽炎の足の上に両脚を載せてちんまりと座っている寿々を抱き上げた。

厨房に戻ってきた秀尚は、火を止めていた大きな寸胴鍋《ずんどうなべ》に再び火を入れた。

今日の雪遊びが決まって、雪遊びと言えばぜんざいだろう、と思い立ち、昨日から小豆《あずき》を水に浸けて下準備をし、朝からコトコトと灰汁《あく》を取りながら煮ていたのだ。

「……小豆はもうちょっと柔らかいほうがいいかな。甘さは……ちょうどいい」

ドア越しに子供たちがキャッキャと遊ぶ楽しげな声が響いてくるのを聞きながら、夕食の仕込みも始める。

ぜんざいに餅《もち》も入れるので、夕食は子供たちの食べる量が調節しやすいちらし寿司《ずし》にする予定だ。

それなら余っても居酒屋の最後の〆《しめ》で出せばいいという計算である。

その準備をしていると、陽炎が寒さに負けて寿々と一緒に戻ってきた。

そしてセルフでお茶を淹れるとストーブの前に陣どり暖を取る。

陽炎がお茶を飲み終わる頃合いで、秀尚は声をかけた。

「陽炎さん、暇でしょう?」

「いや? 余暇《よか》を楽しんでるぞ」

「暇ですよね?」

笑顔でゴリ押す秀尚から、陽炎は何らかの意思を読み取った。

「どうした? 何かあるのか」

「ストーブの前でじっとしてるなら、ちょっとしたお仕事をしてもらおうと思って」

秀尚はそう言うと大きめの焼き網《あみ》を取り出し、ストーブの上に置いた。

それから、市販の餅を半分に切ったものを入れたボウルと菜箸を取りに戻り、再び陽炎に近づきそれらを渡した。

「おやつのぜんざいに入れる餅を焼くだけの簡単なお仕事です」

にっこり笑う秀尚とは対照的に、陽炎は眉根を寄せた。

「おいおい、数が随分と多いじゃないか」

「子供たちがいくつ食べるか分からないんで、大体一人一つ半食べると仮定して切りましたから……。数は多いですけど本来の餅の数的にはさほどじゃないですよ」

「数が増えたら手間も増えるだろう。……仕方がないな」

言いながらも陽炎はストーブの上に餅を並べて焼き始める。

「焦がさないでくださいよ。こまめにひっくり返して、焼けてきたものは縁のほうに置いて、縁のほうに置いたものも冷たく硬くならないように、気をつけて時々中央に戻して温めてくださいね」

注意事項を並べる秀尚に、

「簡単な仕事ってさっき言ってなかったか？」

「お稲荷様には簡単なお仕事じゃないですか。腕の見せどころですよ」

「餅を焼く腕を磨《みが》いて、どこで披露すればいいのかは分からんが、まあ、やるか」

ぼやきつつも、餅焼き番はやってくれる様子だ。

「助かります。陽炎さんは大きいままの餅のほうがいいですよね。好きなだけ、こっちにあるの自分用に焼いてください」

「ぜんざいに入れて食うのもいいが、砂糖醤油で海苔を巻いて食べたいねぇ」

「じゃあ、砂糖と醤油と海苔、後で出しときます」

秀尚が軽く返すと、俄然やる気を出した様子を見せた。

——買収されやすすぎ……。

そう思ったが、口には出さず、機嫌よく餅を焼いてもらうことにした。

そして子供たちの餅がまんべんなく綺麗に焼き上がる頃、ちょうどおやつ時になった。

「おやつにするよー、みんな戻ってきて」

声をかけると一斉に子供たちが入ってくる。

ご飯時と同じように順番に手を洗い、みんな店に向かう。

そこに秀尚は大盆に並べたぜんざいのお椀を持っていき、一人一人の前に置いていく。

「はい、今日のおやつはぜんざい。お餅は綺麗に陽炎さんが焼いてくれたからね。みんなお礼を言って」

秀尚が言うと、全員が声を揃えて「かぎろいさま、ありがとうございます」と謝意を伝える。

腕の見せどころだと言ったからか、妙な凝り性なのか、陽炎はどの餅も均一に綺麗なきつね色になるように焼き上げて、

「見ろ、この芸術的な色合いを」

と言って、秀尚に携帯電話で写真を撮っておくように強要したほどだ。

「じゃあ、いただきます」

秀尚が促すと、全員で合掌して「いただきます」と声を揃えて言い、食べ始める。

「あまーい」

「ほんとだ。あまくておいしい！」

みんながにこにこして食べるのに秀尚は安堵して、店の玄関から外に出た。

そして外に置いた小鍋を手にすぐ店に戻った。

「かのさん、それ、なんですか？」

聞いてきた萌黄に、

「これはゆきんこちゃんたちの分。熱いの食べられないから、外で冷やしてたんだよ」

そう答えると、みんな納得したように頷いた。

ゆきんこたちは、熱いものが食べられない。

当然と言えば当然だ。

よって、今日の昼食も、彼女たちの分はうどんでは太すぎるので素麺《そうめん》を使って、冷やしカレー素麺にして出した。

正直、味はどうなんだろうかと思ったが、好評だったようだ。

ぜんざいに関しては、夏でも冷やしぜんざいがスイーツとして存在するので問題ないだろうが、餅の代わりに生クリームをトッピングしてから、庭に向かった。

ゆきんこたちは花壇部分のテリトリーで雪合戦を楽しんでいたが、秀尚がやってくると遊ぶのをやめた。

「みんなのおやつ持ってきたよ。冷たいぜんざいっていうか、小豆を潰しちゃったからお汁粉《しるこ》っていうほうが近いかもしれないけど」

小豆の粒も、ゆきんこたちには大きすぎるので、冷やす前にフードプロセッサーで潰したのだ。

それをいくつかの小皿に入れて、ゆきんこたちが何人かで一皿になるようにして持ってきた。スプーンだけは、人形用のスプーンでちょうどいいサイズがあったのを時雨が以前見つけて、ゆきんこ用に買ってきてくれたので、それをつけて出す。

三列横隊に並んだゆきんこたちは一様に笑顔になると、秀尚にぺこりと頭を下げてくる。

その様子に秀尚は微笑んで、

「ゆっくり食べて」

そう伝えると厨房に戻った。

そして、自分の分のぜんざいを器に盛っていると、

「あらぁ、みんないいもの食べてるじゃなーい」

店のほうで時雨の声がした。

その声に秀尚は驚く。

今日は平日で、しかもまだ昼間だ。

時雨は仕事をしているはずの時間なのだ。

急いで店に顔を出すと、そこにはデパートの大きな紙袋を持った時雨と、薄緋がいた。

「薄緋さん、今日は時雨さんと一緒だったんですか？」

普通の子供服を着ている薄緋と、私服の時雨が一緒に来たということは、そういうことだろう。

主に人界で過ごす時雨と、滅多に人界に来ない――来るとしても加ノ屋の店の中くらいだ――の薄緋が、一緒に人界にというのは意外な気がしたが、ふっと見ると陽炎がにやついていたので、何かあるらしい。

「そうなのよー。今日、午後から半休取って薄緋殿とデパートでお買い物してきたの」

にこにこ笑顔で言う時雨に対し、薄緋は疲弊しきった感じだ。

「買い物があんなに疲れるとは、思っていませんでしたよ……」

どうしてそんな事態になったのかと言えば、数日前に話はさかのぼるらしい。

薄緋の成長は早い。

おそらく半年もすれば元の薄緋に戻ると知った時雨は、

「お願い！　小さいうちにアタシと一緒にお買い物に行って！」

と懇願したらしい。

少し成長した薄緋は普段、本宮にある子供たちの養育所の子供の服を借りていることが多い。

時雨が服を買いたいと言ったのだが、

「今の私の大きさの服は、ここの子供たちに回せる大きさではありませんし、本宮の養育所の子供たちは、人界に向かうことがありませんから、すぐ無駄になりますので、必要ありませんよ」

とすげなく断られたらしい。

以前の可愛いパジャマ類は、他の子供たちに回せる――実際に今はお下がりをサイズの合う子供たちが着ている――のだが、そうではないものは必要ない、とまあ薄緋らしい解答だった。

それで一度は引いた時雨だったが、日々、美少女に成長していく薄緋に我慢ができなくなったらしい。

「リサイクルに回せば結構いい値段になるから！　お願い！」

と必死に頼み込んだ結果らしい。

早退する時雨の会社で合流することになり、薄緋はまず最初に時雨の会社に向かったのだという。

時間的に昼食時《どき》で、時雨はランチに向かう同僚と一緒に出てきたらしいのだが、そこで一通りの「可愛い子でしょう？　アタシの親戚の子なの」というお披露目攻撃と、当然のような写真撮影攻撃を受けたらしい。

「集まってくる、私よりもはるかに年若い可愛いお嬢さんたちに、時雨さんがいつもお世話になっています、と頭を下げる私の気持ち……分かります？　正直、何をしてるんだろうって気になりましたよ……」

その時のことを思い出しつつ、薄緋が遠い目をする。

「礼儀正しくて可愛い、いい子ですねって、みんな褒めてたわぁ……」

だが、薄緋のちょっとした嘆きなど、今の時雨には届いてはいなかった。

「デパートに行っても、もう薄緋殿、なんでも似合っちゃうから、店員さんも試着室にあれもこれもって持ってきちゃって……。薄緋殿が止めなかったら、全部いただくわって言ってたところよ」

「実際、言ってたじゃないですか……。止めるのにどれだけ必死だったか」

「萌えには後悔なんてないのよ。でも、薄緋殿との友情にひびが入るのも嫌だから、一番着回しの利くものをいろいろチョイスして、十着だけ買ってきたんだけど」

チョイスして十着なのか、と思った秀尚に、

「店、一軒じゃありませんからね。次はあっちの店、次はこっちだと、他のデパートにまで遠征しましたからね……」

薄緋が乾いた笑いを浮かべて言うのに、秀尚は心から同情したが、

「いいなぁ……、とえも、おかいものいきたい」

「はたえもきれいなおようふく、いろいろきてみたいなぁ」

双子姉妹の十重と二十重は羨ましそうに言う。

「十重ちゃんと二十重ちゃんがもう少し大きくなって耳と尻尾を隠せるようになったら、お買い物一緒に行きたいわぁ……。二人とも可愛いから、お姫様みたいになるわよ」

時雨に言われて、十重と二十重は「おおきくなったら、つれていって！」とねだって指きりを始める。

その様子に「代われるなら、今日代わってやりたかった」という顔で見ている薄緋に、

「……疲れた時は甘いものがいいって言いますし、ぜんざい、たべます？」

「ええ。いただきます」

聞いた時のその即答っぷりに、疲弊度の高さを見た気がした。

「あ、秀ちゃん、アタシもお願いしたいわ。お餅はこの子たちのサイズの一つでいいから」

ついでに頼んでくる時雨に続き、

「私は二つお願いします……」

薄緋が珍しく多めの量を頼んできた。

——うん、よっぽどだな。

いろいろ察した秀尚は視線を陽炎に向け、

「餅焼きマイスター、行きましょうか」

そう声をかけると、陽炎も黙って立ち上がり、マイスターとしての腕を振るうべく厨房に戻った。

「薄緋殿に、メチャクチャ綺麗で形いい餅を焼いてあげてください」

「ああ、そのつもりだ」

陽炎のその声に、薄緋への深い同情心を秀尚は感じつつ、店から聞こえる、服をお披露目する時雨の明るく楽しげな声に、秀尚と陽炎は二人して苦笑したのだった。

おわり

本書は書き下ろしです。

SH-048

こぎつね、わらわら
稲荷《いなり》神《がみ》のはらぺこ飯《めし》

2019年12月25日　第一刷発行

著者　松幸《まつゆき》かほ
発行者　日向晶
編集　株式会社メディアソフト
〒110-0016
東京都台東区台東4-27-5
TEL：03-5688-3510（代表）/ FAX：03-5688-3512
http://www.media-soft.biz/
発行　株式会社三交社
〒110-0016
東京都台東区台東4-20-9　大仙柴田ビル2階
TEL：03-5826-4424 / FAX：03-5826-4425
http://www.sanko-sha.com/

印刷　中央精版印刷株式会社
カバーデザイン　小柳萌加（next door design）
組版　大塚雅章（softmachine）
編集者　長塚宏子（株式会社メディアソフト）
印藤 純、菅 彩菜、福谷優季代、川武當志乃（株式会社メディアソフト）

ISBN 978-4-8155-3519-3

SKYHIGH文庫公式サイト　◀著者＆イラストレーターあとがき公開中！
http://skyhigh.media-soft.jp/